KB157819

한국 희곡 명작선 90

신라의 달밤

한국 희곡 명작선 90

신라의 달밤

홍창수

평민사

홍창수

신라의 달밤

등장인물

군주(軍主) : 신라 어느 주(州)의 군주
연화 : 군주의 약혼녀
문창 : 수경 낭자와 사랑하는 화랑
미홀 : 수경 낭자를 사랑하는 화랑
수경 : 문창과 사랑하는 처녀
옥향 : 미홀을 사랑하는 처녀
도깨비대왕 : 도깨비 나라의 대왕
도깨비여왕 : 도깨비 나라의 여왕
골치 : 도깨비 대왕의 하인
미랑 : 도깨비 여왕의 하인
먹산 : 목수
상쇠 : 소목장이
덤보 : 직조공
장돌 : 풀무장이
봉재 : 재봉사
박대 : 짚신장이

도깨비 대왕과 도깨비 여왕의 시중을 드는 다른 도깨비들
군주와 연화의 시중을 드는 시종들
스님, 주례, 신라의 화랑들

장소

신라의 성 안과 숲

1막

1장. 군주의 성

M-1. 〈서곡〉

젊은 화랑들이 나와 음악에 맞춰 통일성 있게 검술을 연마한다.
일종의 검술무다.
음악이 끝나는 부분에서 사범이 구호를 넣을 때마다 화랑들은 검
무 동작과 함께 큰 소리로 세속오계의 계율을 말한다.

M-2. 〈합창〉 (무용곡, 합창)

서주(序奏), 박력 있고 육중한 음악.

화랑들   군주를 섬김에 충성을 다하라.
엇─싸─엇─허이!
사! 군! 이! 충!
사군이충!

부모를 섬김에 효성을 다하라.
엇─싸─엇─허이!

사! 친! 이! 효!
사친이효!

친우를 사귐에 신의를 다하라.
엇—싸—엇—허이!
교! 우! 이! 신!
교우이신!

〈간주〉

전쟁에 임하여 물러서지 않는다.
엇—싸—엇—허이!
임! 전! 무! 퇴!
임전무퇴!

죽임을 가하되 가려서 행하라.
엇—싸—엇—허이!
살! 생! 유! 택!
살생유택!

화랑들의 검무가 끝나고 흩어진다.
수경 낭자가 등장하여 문창에게 다가간다.
한곳에서 미흘은 다른 화랑과 담소를 나누고 있다.

수경	문창 도련님.
문창	수경 낭자. 여기까지 어인 일이오. 오늘 밤 달이 떠오르면 만나기로 하지 않았소.
수경	그때까지 참을 수가 있어야지요.

미흘은 문창과 수경이 만나는 장면을 보고 그들에게 다가간다.

수경	(미흘이 다가오자) 빨리 여기에서 나가요.
문창	그럽시다.

수경이 문창을 이끌고 나가려 할 때 미흘이 달려와 문창과 수경 앞을 막아선다.

미흘	이봐요, 수경 낭자. 날 피하지 말아요. 우리 둘은 부모님께 서 짝지어 준 배필이 아니오?
문창	미흘, 그만두게.
미흘	문창, 자네와 난 죽마고우에다 문무를 함께 배우는 화 랑이 아니던가. 제발 수경 낭자를 내 앞에서 욕되게 하 지 말게.
문창	말도 안 되는 소리! 자네는 자네를 그림자처럼 쫓아다니 는 옥향 낭자가 있지 않은가.
미흘	내 앞에선 옥향의 '옥'자도 꺼내지 말게. '옥' 소리만 들어 도 온몸에 소름이 끼칠 지경이네.

문창 정말인가?

미홀 정말이고말고.

문창 옥!

미홀 (괴로워하며) 으악!

문창 옥! 옥! 옥!

미홀 (괴로워하다가) 괘씸한 놈. 나는 진실을 고했거늘 친구를 놀리고 모욕하다니. 더 이상 못 참겠다. (칼을 뺀다)

수경 이러시면 안 돼요. 두 분 다 그만 하세요.

문창 (수경을 밀치며) 우리 둘의 사랑을 깨뜨리려는 자는 절대 용서할 수 없소. (칼을 꺼낸다)

둘이 칼싸움을 하나 팽팽하다가 문창이 밀린다.

때마침 나타난 군주와 연화 공주가 수경이 크게 소리를 지르고 화랑 두 명이 칼싸움하는 장면에 놀란다.

M-3. 〈칼날을 거두어라〉 (군주 독창)

멈추어라 거두어라 불손한 칼날이여!

화랑도의 생명 같은 세속오계 잊었더냐?

사군이충 사친이효 버금으로 중한 것이

교우이신 분명하고 친구 신의 명약한데

멈추어라 살기(를) 실은 탐욕의 마음들아!

거두어라 불충할손 파탈의 손들이여!

문창·미흘 죽을죄를 지었사옵니다.

군주 너는 강 대감의 딸 수경이 아니냐?

수경 예, 그러하옵니다.

군주 (문창과 미흘을 보고) 오호라. 무슨 연유인지 알겠다. 너희 둘은 아직도 수경 낭자를 사랑하는 모양이구나?

미흘 제 목숨보다 더 사모합니다.

문창 저희는 이미 백년가약을 맺었사옵니다. 하오나.

군주 (말을 가로막으며) 더 이상 말 안 해도 다 안다. 너희들의 관계는 잘 알지만, 이 나라에선 절대로 부모가 반대하는 결혼은 할 수 없다. 군신과 부자의 상하 질서가 깨진다면 이 나라가 어찌 되겠는가.

수경 군주님. 아뢰옵기 황송하오나 제가 만일 미흘 도령과의 결혼을 거절하면 어찌 되는지요?

군주 뭐? 거절을 해?

수경 예, 꼭 그리 해야 된다면요.

군주 절에 들어가 평생을 비구니로 살아야 하느니라. 복사꽃 같은 네가 절에서 홀로 시들어 가느냐, 그윽한 꽃향기를 온 세상에 풍기느냐는 다 네게 달렸다.

수경 원하지 않는 결혼을 하느니 차라리 홀로 시들어가겠습니다.

문창 낭자!

미흘 수경 낭자!

군주 모레는 칠월칠석날. 나는 공주와 백년가약을 맺게 된다.

그때까지 잘 생각해서 결정하도록 하여라.

미흘　홀로 시들다니 말도 안 되는 소리요, 행복에 겨워 숨통이 막히도록 해주겠소.

군주　미흘 화랑. 그대 마음은 알겠네만 모든 결정은 수경 낭자가 할 걸세. 오늘은 그만 이 자리를 피해주는 게 좋겠네.

미흘　군주님!

M-4. (전주(前奏) 시작)

미흘, 어쩔 수 없다는 듯 군주와 연화, 시종들을 따라 퇴장.
문창과 수경만 남고, 모두 퇴장.

문창　시들은 연꽃처럼 당신의 고운 뺨이 창백해졌소.

수경　도련님. (포옹한다)

M-4. 〈참사랑의 길〉 (문창, 수경)

문창　　향기 가득한 꽃의 자태에 반하여
　　　　　없던 길도 생긴다 하였는데
　　　　　연꽃처럼 화사한 그대여.
　　　　　우리 사랑의 진실한 심향(心香)엔
　　　　　온갖 법도가 앞을 가려
　　　　　그 험한 벼랑길도 보이지 않는구려.

수경	당신의 고매한 눈빛에 취해
	내 발길이 정성스레 꽃 피우니
	상심 마오 신라 제일의 화랑이여.
	우리 사랑 시샘하는 사나운 폭풍도
	금강석에 고이 새긴 우리의
	언약을 영원히 풀지 못하리.
문창	우리 사랑은 금단의 맹세요.
수경	산이 닳고 바닷물 말라도
함께	천년만년 영원히 함께 하리.
문창	내일에도 밝게 빛날
수경	우리 사랑 해님에게
문창	우리 사랑 달님에게
수경	영원한 사랑을
함께	실어 보내리.

문창 참사랑이란 험난한 것이오.

수경 왜 험난할까요?

문창 우리의 사랑이 진실로 참된 것인지 시험하는 것이기 때문
이오.

수경 그러면 우리도 시험해 봐요. 견디고 참아내겠어요.

문창 정말이오.

수경 당신과 함께라면요.

문창 그럼 관습과 제도에 얽매인, 이 성을 떠납시다. 절이 싫으

면 중이 떠나는 수밖에.

수경 가겠어요. 미륵보살님 앞에 맹세하겠어요.

문창 오늘 밤 자정 도깨비 숲 속에서 기다리겠소.

둘이 함께 퇴장.

무대 한쪽에 탑이 있고, 스님이 등장하여 탑돌이를 한다.

M-5. 〈백팔번뇌 해탈하세〉 (스님)

합창 나무아미타불 관세음보살

나무아미타불 관세음보살

(주문을 왼다) 수리수리 마수리 수수리 사바하-

수리수리 마수리 수수리 사바하-

스님 색즉시공 공즉시색 색불이공 공불이색

합창 나무아미타불 관세음보살

스님 사바세상 온갖 번뇌 백팔번뇌 해탈이오.

합창 나무아미타불 관세음보살

스님 수상행식 역부여식 일체고행 소멸이오.

합창 나무아미타불 관세음보살

나무아미타불 관세음보살

스님은 세속을 초월한 듯 경을 외며 목탁을 두드리는데, 옥향 낭자가 급히 들어온다.

옥향	저, 스님, 스님!
스님	(못 들었는지 묵묵히 탑을 돌고 있다)
옥향	(조금 더 큰 소리로) 스님, 스님.
스님	(계속 묵묵히 탑을 돌고 있다)
옥향	(혼잣말로) 아니, 이 스님께서 귀가 먹었나. (용기를 내어 큰 소리로) 스님!
스님	아이고, 깜짝이야.
옥향	죄송합니다, 스님.
스님	수행 중에 무슨 일이오이까?
옥향	아주 궁금한 게 있어서요, 스님.
스님	궁금한 게 있다면 수행이 끝나고 해도 되지 않겠습니까?
옥향	이 소녀한텐 워낙 시간을 다투는 일이어서요.
스님	그럼 말씀해 보시오.
옥향	예. 스님. 저, 다름이 아니오라 저는 매일 아침저녁으로 합장하며 이 탑을 돌았사옵니다.
스님	나무관세음보살!
옥향	헌데 몇 번이나 더 돌아야 소원이 성취될지요?
스님	소원 성취가 숫자에 달렸겠습니까? 모든 게 지성을 다하는 게지요.
옥향	이 소녀의 뜻이 죽을 때까지도 안 이루어지면 어쩌죠?
스님	그럴 수도 있지요. 그게 다 사람의 힘으로 안 되는 인연인 겝니다.
옥향	(스님의 팔을 잡고) 아니 되옵니다. 이 소녀는 미홀 도령의 사

랑을 얻기 위해 백 번이 넘게 탑돌이를 하였사옵니다. 안 된다니요. 너무 하옵니다. 스님. (스님의 팔에 얼굴을 묻고 어쩔 줄을 모른다)

스님 이곳은 불도를 닦는 도량이옵니다. 슬픔을 다스리소서.

옥향 싫사옵니다. 죽어도 싫사옵니다.

스님 승려들뿐만 아니라 불자들이 보옵니다.

옥향 제 사랑이 실패하는 마당에, 보면 어떻고 손가락질하면 어떻사옵니까. 방도가 없질 않사옵니까.

스님 어허, 자꾸 이러시면 제 신변이 위태롭습니다. 불가에 입문하야 오십 년 쌓은 탑이 한순간에 무너질지도 모르옵니다.

옥향 (스님을 잡고 늘어진다) 저의 마음은 이미 무너졌사옵니다, 스님.

스님 (당황해하며) 무슨 방도가 있을 겝니다. (어쩔 수 없이) 부, 불자 님, 이, 있사옵니다.

옥향 예! 정말인가요 스님?

스님 인간사 고뇌를 모두 끊어야 소원 성취하지 않겠습니까?

옥향 그런데요?

스님 인간사 번뇌가 108가지니 108번을 돌면 소원이 발현할 것이옵니다.

옥향 가만 있자 (숫자를 헤아린다) 제가 지금까지 백 네 번을 돌았 거든요.

스님 그럼 네 번 남았습니다.

옥향 스님, 그럼 이 못난 불자를 위해 함께 탑돌이를 해주실 거
죠? (다시 장삼 자락에 매달리며) 고맙습니다, 스님.

스님 예, 예. (방백) 아이고 나무아미타불 관세음보살.

스님은 다시 목탁을 두들기고 주문을 외며 탑돌이를 한다.
옥향도 합장을 한 채 탑돌이를 한다.
그러나 탑돌이가 너무 천천히 진행되자 옥향은 답답해한다.

옥향 스님, 스님.

스님 예.

옥향 좀 더 빨리 걸어주세요.

스님 조급히 걷는다고 금방 되겠습니까?

옥향 그래도요. 이왕 끝낼 거 빨리 끝내면 좋죠. 자꾸 스님의 발
뒤꿈치가 밟히려고 해요.

스님, 목탁을 두드리며 좀 더 빨리 돌고 주문 역시 더욱 빨라진다.

옥향 좀더 빨리요 스님. 빨리요.

스님 이만큼이면 되겠습니까?

옥향 좀 더 빨리요 스님, 좀 더요.

스님은 빨리 가려다 넘어진다.

| 옥향 | 스님 잠시 쉬세요. 한 바퀴 남았는데 제가 마저 돌게요. |

한 바퀴를 돌고 나서 마음의 기쁨을 감출 수 없는 표정이 역력하다.

옥향	스님, 이젠 모든 게 잘 되겠죠? 예, 스님?
스님	인연이 있으면 될 것이고 없으면 안 되겠지요.
옥향	예? 스님, 108번을 다 했는데요, 스님?
스님	글쎄요, 저도 잘 모르겠습니다. 그럼 이만. 도루아미타불 관세음보살. (퇴장하려는데 급히 들어오는 수경 낭자와 부딪쳐 얼싸안고 넘어진다)
수경	에구머니나! 아니, 스님!

수경, 당황한 나머지 엉겁결에 스님의 뺨을 친다.

| 스님 | 아이구, 오늘은 여색(女色) 벼락을 맞는구나. (손으로 뺨을 만지며 퇴장한다) |

수경 낭자가 옷을 털고 일어나며 옥향에게 다가선다.

수경	스님과 무슨 얘길 하고 있었니?
옥향	말도 시키지 마.
수경	옳아. 미흘 도령 때문이구나.

옥향   스님 말씀이 탑을 백팔 번 돌면 소원 성취한다고 해서 다
　　　 돌았는데, 잘 모르겠대.

수경   용기를 내.

옥향   넌 좋겠다.

M-6. 〈사랑하는 마음〉 (독창·이중창)

옥향   밤하늘의 북극성님, 그 신비한 사랑의 힘은
　　　 오로지 너에게만 하염없이 보냈나봐.
　　　 두 눈 부릅뜨고 사방을 둘러봐도
　　　 내 사랑 받아줄 이 아무도 없네.
　　　 부러워라 너의 모습, 서러워라 이 내 신세.

수경   꿈에 만나 뜨거운 정 나눴다는 무산의 소녀 네 아느뇨?
　　　 아침에는 구름 되고 저녁에는 비가 되는
　　　 꿈결 같은 사랑 얘기 짐작이나 네 하겠니?
　　　 새벽 달빛에 아롱져 내린 이슬에 스며드는
　　　 부드러운 햇살처럼 내 사랑은 몰래 다가왔네.

함께   알 수 없어라, 사랑의

옥향   쓰디씀을.

수경   달콤함을.

함께   알 수 없어라, 사랑의

옥향	괴로움을.
수경	신비함을.
함께	풀어도 풀어도 얽혀진 실타래 같아라.
	아— 요술 같은 사랑이여.
옥향	내가 다가갈수록 미흘 도련님은 귀신을 보듯 달아나는 구나.
수경	걱정 마. 미흘 도령은 나를 만날 수 없어. 영원히.
옥향	그게 무슨 말이야?
수경	도련님과 난 여기를 떠날 거야. 이곳에선 우리 사랑이 이 뤄질 수 없어. 오늘 밤 저 성벽 위로 달이 떠오르면 우린 손을 잡고 이 성문을 빠져나갈 거야.
옥향	어디로?
수경	우리가 어렸을 때부터 함께 놀던 곳.
옥향	(놀라며) 성 밖 도깨비 숲?
수경	응. 나 먼저 가볼게. 빨리 준비해야 하거든. (가다가 돌아서서) 참, 옥향아. 참사랑은 꼭 어려움을 겪는다는구나!
옥향	누가 그래?
수경	우리 도련님. 너도 지성을 다했으니 꼭 좋은 보답이 있 을 거야.
옥향	정말?
수경	내 말을 믿어.

수경, 퇴장한다.

옥향 이럴 때가 아냐. 미흘 도령한테 가서 수경이가 도망친다
는 걸 알려줘야지. 수경이한텐 약속을 못 지켜 미안하지
만, 이래야 미흘 도령의 얼굴을 한 번이라도 더 볼 수 있지
않겠어. (퇴장한다)

2장. 숲속.

상쇠, 덤보, 장돌, 봉재, 박대 등장.

M-7. 〈우리는 광대〉 (남성 중창)

삐릴리 닐리리 우리는 광대.
약방에 감초라 서라벌의 광대.
좋구나 좋다, 좋구나 좋다.
천하의 놀이꾼들 서라벌의 광대.
정사에 바쁘신 나라님 머리도 우리가 식히고
농사일에 지친 백성들 시름도 우리가 달래지.
(사는 일에 뼈 빠진 백성들 잔뼈도 우리가 치르지)

구성진 노래도 우리가 부르고
재미있는 이야기 우리가 만드네.
흥겨운 춤들도 우리가 추고요.

신명 나는 놀이판 우리가 만드네.

노세 놀아 얼씨구 절씨구.
궁닥닥 궁닥닥 얼씨구 절씨구.

먹산, 등장.

먹산	다들 모였나?
모두	예이.
먹산	나리께서 이번엔 특별히 군주님의 혼례식이니깐 매번 하는 사자춤 말고 아주 재밌는 것으로 바꿔 보라는구만.
덤보	이틀 밖에 안 남았는데요.
먹산	해서 우리나라에 전해오는 처용 얘기를 연극으로 만들려고.
덤보	(자기를 가리키며) 성님, 주인공은 납니다요.
장돌	성님만 맨날 주인공 하슈?
덤보	임마, 이 성에서 주인공 할 사람이 나 말고 누가 있어?
먹산	저놈의 욕심은 하늘을 찌른다니까.
덤보	고맙소. 성님. (연기한다. 북장단에 맞춰 술에 취해 비틀비틀 걸으며 노래한다)

M-8. 〈처용가〉 (독창)

한 잔 먹고 하늘 보니 휘영청청 밝은 달.

두 잔 먹고 바다 보니 갈매기만 끼룩끼룩.

아흐 아루아 믿을 수 없어라 아롱다롱 세상사.

먹산　(덤보에게) 여기서 뚝. 상쇠, 자넨 처용의 아내.

덤보　으악, 나 처용 안 할껴. 저런 멧돼지 같은 들짐승이 어찌
　　　내 마누라요.

먹산　말이 부부지, 이 탈춤에선 얼굴 마주 볼 일도 없어.

상쇠　그래도 그렇지. 내 마누라와 자식새끼가 보면 뭐라 하겠
　　　어요.

먹산　싫으면 관둬. 이번 일 잘하면 군주님께서 포상하신다고
　　　했는데….

모두　포상이요?

M-9. 〈비가 다 해먹어라〉 (독창·중창)

덤보　구더기 무서워 장 못 담겠소.
　　　뒷간 무서워 똥 못 싸것소.
　　　성님 성님 성님 성님 무척이나 섭섭합니다.
　　　〈성님 성님 무척이나 섭섭하오.〉

먹산　장은 담궈서 어디다 쓸 거며
　　　똥은 참았다 어디에 쓸 거냐?
　　　〈똥은 참으면 보약이 된단다.〉

도대체 이놈이 되먹질 못했네.

덤보   성님 재주는 메주라 하지만

내 재주가 예사 재주요?

사자춤도 내가 하고요.

처용의 아내도 내 몫이주.

먹산   이놈을 보자니 방자하기 짝이 없네.

쫙 찢어진 입이라고 주둥일 막 놀리네.

일동   아나—옛—다 네가 다 해먹어라.

북 치고 장구 치고 배 터져 뒈져라.

먹산   방구 뀌고 똥 싸고

일동   네가 다 해먹어라.

먹산   벙어리 되고 장님도 되고

일동   네가 다 해먹어라.

먹산   범도 되고 사자도 되고

일동   네가 다 해먹어라.

먹산   귀신이 되고 도깨비 되고

일동   네가 다 해먹어라.

먹산   똥— 싸고 밑— 닦고

일동   네가 다 해 처먹어!

먹산   다음은, 장돌이.

장돌   네.

먹산   너는 처용 집의 부부가 자는 안방의 방문이다. 방문.

장돌 예이―. (양팔을 벌리며 장단에 맞춰) 처용 집의 부부 자는 안방의 방문이어라. 비가 오나 눈이 오나 믿음직한 지킴이오. 허락 없이 그 누구도 들어올 수 없소이다.

먹산 좋다. (봉재에게) 자넨 못된 역신 놈이 처용을 공격해서 위기에 처할 때 등장하는 사잘세.

봉재 (옆의 사람을 붙잡고 엄숙하게) 자 이제 갈 시간이 다 됐네.

장돌 인석아, 저승사자 말구.

먹산 마지막으로 (박대를 보며) 너는 처용과 노는 기녀.

박대 제가요! 아니, 형님―. 이 나이에 이 얼굴에 기녀라굽쇼?

먹산 그럼 이 나이에 내가 하리? 이렇게 팍 삭은 데다 시꺼먼 기녀 봤어?

모두 (박대가 도망치려 하자 장단을 맞춰) 이 나라 최초의 남자 기녀, 짚신 만드는 짚신장이 정박대 납시오.

덤보 성님, 한바탕 싸우고 지지고 볶으려면 노는 마당이 좀더 넓어야 하지 않겠소. 저쪽 공터로 옮깁시다.

먹산 그럴까?

모두 예이.

모두, 춤을 추며 퇴장.

2막

1장. 성 근처의 숲속.

도깨비 여왕의 하녀인 여 도깨비들이 무대와 객석을 가리지 않고
사방에서 불쑥불쑥 뛰어나온다.

M-10. 〈우리는 도깨비〉 (합창)

우리는 숲 속의 신비한 요정.
아름답고 매력적인 여왕님의 하녀들.
어때요 우리 모습 맘에 들지 않아요?
해가 지면 태어나고 새벽이면 사라지니
우리 모습 잠시 잠깐 볼 수밖에 없지요.
어리둥 둥딱 이 모습 어때요.
저리둥 둥딱 요 모습 어때요.

여 도깨비들, 각기 다양하고 재미있는 포즈를 취한다.

어기야 호로롱 이렇게 변하고
저기야 초로롱 이리도 되지요.
어기야 뽀로롱 삐리링 뚝딱

저기야 뾰로롱 삐리링 딱뚝
두려워 마세요 예쁘지 않아요?
인간들은 우리를 두려워하지만
우리는 그들을 오로지 사랑해.

대왕의 시종인 남 도깨비들이 갑작스레 사방에서 뛰어나와 노래
한다.
여 도깨비들은 모두 놀란다.

우리는 숲 속의 용감한 파수꾼.
충직하고 지혜로운 대왕님의 하인들.
어때요 우리 모습 맘에 정말 들지요.
신출귀몰 나타났다 천둥같이 사라지니
여간해서 우리 모습 만나볼 수 없지요.
으갸갸 둥딱 이 모습 어 ― 때?

남 도깨비들, 각기 다양하고 재미있는 포즈를 취한다.

으랏차 둥딱 요 모습 괜찮지?
어갸갸 꼬로록 이렇게 한 번쯤
저갸갸 꼬로록 요렇게 한 자세
으랏차 뾰로롱 삐리링 뚝딱
저랏차 뾰로롱 삐리링 딱뚝

두려워 말어요 멋지지 않어요?
인간들은 우리를 두려워하지만
우리는 그들을 도우며 산다네.

모두, 서로 마주보며 함께 노래한다.

함께 (어기야 호로롱 저기야 초로롱

삐리링 뚝딱 뽀루룽 뚝딱)

듣기 좋고 부르기 좋은 이름도 많건만

사람들은 우리를 도깨비라 불러요.

(어기야 호로롱 저기야 초로롱

삐리링 뚝딱 뽀루룽 뚝딱)

여도깨비들 황홀하고 우아한 환상의 마술도

남도깨비들 방망이에 불 밝히는 절묘한 재주도

함께 모두 다 신비한 우리의 재주인데

(어기야 호로롱 저기야 초로롱

삐리링 뚝딱 뽀루룽 뚝딱)

맘에 들지 않으면

놀려주고 (놀려주고)

골탕 먹이고 (골탕 먹이고)

신출귀몰 혼비백산 동분서주 바빠지지.

여 도깨비1 그런데 도깨비 대왕이 바람 핀 게 사실이야?

남 도깨비1 여왕 도깨비가 바람 핀 게 아니구?

여 도깨비2 대왕이야 여왕이야?

남 도깨비5 글쎄…, 둘 다가 아닐까?

남 도깨비2 누굴 좋아했는데?

여 도깨비3 인간 세상의 군주라나.

남 도깨비3 인간 세상의 공주는 아니고?

여 도깨비4 군주님과 공주님은 모레 혼례를 치르는데?

남 도깨비4 누가 이런 소문을 퍼뜨렸지?

여 도깨비5 바람을 타고 소문이 돌다가 개울을 거치고 송사리를 거치고 나무를 거치고 꽃을 거치는 동안 말뜻이 바뀌었겠지.

여 도깨비1 소문이야 어찌 됐든 간에 중요한 건 여왕님이 노하셨다는 거야.

남 도깨비1 대왕님도.

여 도깨비2 이제 우리 어떡하지?

남 도깨비2 어떡하긴 뭘 어떡해? 다치기 전에 여기서 빨리 사라져야지!

남 도깨비들과 여 도깨비들은 사라진다.
골칫덩어리 남 도깨비 골치와 예쁘고 귀여운 여 도깨비 미랑이 등장한다.
골치, 도깨비들이 사라진 숲 쪽을 본다.

골치 다들 어디 갔을까?

미랑	글쎄.
골치	히히, 미랑아.
미랑	왜?
골치	아무도 없다.
미랑	그래서.

골치, 입술을 죽 내민다.
미랑은 골치의 입술을 꼬집는다.

골치	아야.
미랑	정신 차려.
골치	너, 나 싫어?
미랑	아니.
골치	근데 왜?
미랑	우리 여왕님한테 들키면 난 끝장이야.
골치	그건 나도 마찬가지야. 하지만 여긴 아무도 없잖아.
미랑	(둘러보며) 그래도.
골치	걱정 마. 우리 대왕님은 너희 여왕님 찾느라 정신없으니까.
미랑	우리 여왕님도 마찬가지긴 하지만.
골치	마음 푹 놓으라고. 자. (입술을 쭉 내민다)

미랑, 눈을 지그시 감고 골치와 입 맞추려 할 때 골치, 갑자기 눈을 뜬다.

골치   잠깐.

미랑   왜?

골치   큰일 났다. 우리 대왕님의 아주 성난 숨소리가 들려.

미랑   그래! 우리 여왕님의 그르렁거리는 소리도 들려.

골치, 미랑과 함께 숲속으로 퇴장한다.

도깨비대왕   흥. 사생결단이다. 날 두고 바람을 펴. 나 모르게 바람 피우면 모를 줄 알아. 도깨비들이 다 수군거려. 오늘은 못 참는다. 마누라 땜에 내 권위는 땅바닥에 추락했어. 아니, 근데 이놈 골치는 어디 갔어. 여왕의 소재를 파악해 오라고 한 지가 언젠데. 내 말은 한 귀로 흘리고, 어디서 늘어지게 잠자고 있겠지.

도깨비 대왕, 퇴장하고, 도깨비 여왕, 등장한다.

도깨비여왕   흥, 오늘이야말로 완전히 끝장이다. 뭐? 며칠 동안 숲 속을 돌며 사색에 잠기겠다구? 나 모르게 바람피우고 쉬쉬하는 걸 모를 줄 알아. 도깨비들이 재잘거리는데 내 얼굴이 얼마나 시뻘개졌다구. 내 미모가 어때서, 내 몸매가 어때서. 이놈의 대왕, 만나기만 해봐라. 온몸이 시퍼렇게 멍들게 해줄 거야. 가만! 바람에 실려 온 이 냄새는 많이 맡아본 냄샌데. 그래, 대왕의 땀 냄새와 입 냄새. 으이그,

지독해라. 가까운 곳에 분명 있으렷다. 얘들아!

하녀 도깨비들이 들어와 도깨비 여왕과 함께 숲속에 눕는다. 하녀들이 시중을 든다.

M -11. 〈사랑스런 도깨비들아〉 (독창)

도깨비여왕 사랑스런 시녀들아 나의 잠자리를 도와다오.
　　　　　꿈나라로 가겠으니 춤을 추고 노래하여라.
　　　　　부우부우 울어대는 저 부엉이 쫓아내고
　　　　　솜털 같은 박쥐 날개 고운 이 내 몸에 덮어다오.
　　　　　호수 위에 피어나는 아스라한 연꽃 향기
　　　　　잠자리에 펼쳐놓고 나의 님을 만나련다.

M -13. 〈자장, 자장, 잘 자장〉 (여성 독창 · 합창)

하녀도깨비1 쉬이잇- 비켜나라 무엄할 손 얼룩뱀아.
　　　　　앗 따가워! 들어가라 방자할 손 고슴도치야.
합창　　　자장자장 잘이나 자장
　　　　　자장자장 잘이나 자고
　　　　　어랑어랑 어스름 달밤에
　　　　　우리 여왕님, 님 만나러 간다.
하녀도깨비2 어스렁 숨었거라. 미련할 손 도마뱀아.

푸드덕 사라져라. 눈치 없는 딱정벌레야.

합창 자장자장 잘이나 자장

자장자장 잘이나 자고

어랑어랑 어스름 달밤에

우리 여왕님, 님 만나러 여왕님 간다.

하녀도깨비3 목이 고운 소쩍새야 고운 노래 불러다오.

살결 좋은 비둘기야 원앙금침 펼쳐다오.

합창 아리나 아라리 무릉도원으로

여왕님 숨결이 흘러나 간다.

황홀한 입맞춤에 이 밤이 간다.

자장자장 잘이나 자장

자장자장 잘이나 자장

하녀도깨비3 자, 이젠 됐다. 누구 하나 보초를 서라.

다른 도깨비들은 일제히 도깨비3을 가리키자, 도깨비3은 어쩔 수
없이 보초를 선다. 나머지 도깨비들은 모두 퇴장한다.

미흘, 등장하고, 옥향, 뒤따라 등장한다.

미흘 수경 낭자는 보이질 않으니 미칠 것만 같구나!

옥향 미흘 도련님.

미흘 그대는 내 사랑이 아니오. 제발 따라오지 말아요.

옥향 당신은 강력한 자석, 저는 쇳조각이어요. 이것 보세요. 당신이 이처럼 저를 끌어당기고 있잖아요.

미흘 솔직히 말해 당신을 보기만 해도 닭살이 돋소!

옥향 저는 당신을 보기만 해도 황홀해요.

미흘 당신은 여자로서 의심스럽소. 이렇게 깜깜한 밤중에 혼자서 숲 속에 오다니.

옥향 혼자라뇨? 당신이 있는데요. 당신만 보면 깜깜한 밤이 환한 대낮 같아요.

미흘 정말 구제불능이구만. 에잉! (퇴장한다)

옥향 전 죽어도 당신을 따라갈 거예요. 미흘 도련님. 참사랑은 원래 이렇게 어려운 거래요. (퇴장한다)

문창과 수경, 등장.

문창 길을 잃는 바람에 헤매느라 지쳤소. 오늘은 여기서 좀 쉽시다.

수경 예. 저는 여기서 눈을 붙일 테니, 도련님도 잠자리를 찾으세요.

문창 이곳이면 우리 둘의 잠자리로 충분하오.

수경 아니 되옵니다. 어서 저만큼 가 주세요.

문창 염려 말아요. 절대 엉뚱한 짓은 안 해요. (팔을 벌려) 자.

수경 결혼 전엔 순결한 총각과 처녀의 수줍음이 지켜져야 한답니다.

문창	허허. 다 안다니까요. 자, 하나의 진실을 위해서. (껴안는다)
수경	(팔을 세게 꼬집는다)
문창	아야! 당신의 손톱은 독사의 이빨처럼 무섭구려.
수경	아니 된다고 했잖습니까, 도련님. 안녕히 주무십시오. (눕자마자 일부러 코를 곤다)
문창	아무래도 난 저기서 자리다.

문창이 다른 곳으로 옮기자 수경은 고개를 들어 문창을 보며 웃더니 누워 잠든다.
그들이 잠자는 곳의 위쪽 무대에 도깨비 대왕이 등장한다.

도깨비대왕	오, 불쌍한 연인들 같으니. 밤이슬을 이불 삼아 잠이 들었구나. 아니, 그런데 저건 도깨비 여왕이 아닌가? 잘 만났다.

도깨비 여왕의 잠자는 모습을 내려다보다 그녀의 가슴을 살며시 풀어헤치려는데 도깨비 여왕이 화들짝 눈을 뜨며 도깨비 대왕의 멱살을 잡는다.

도깨비여왕	드디어 만났군요. 당신을 온종일 찾아다녔어요.
도깨비대왕	흥, 솔직히 말해서 날 피해 다닌 거겠지?
도깨비여왕	제가 뭘 잘못했다고 당신을 피해요.
도깨비대왕	그 이유를 말해야 아나.

도깨비여왕 저부터 말하겠어요.

도깨비대왕 나부터.

도깨비여왕 저부터요.

도깨비대왕 좋아. 어차피 오늘 끝장이니까 내가 양보하지.

도깨비여왕 당신의 양보는 양심의 가책 때문이죠?

도깨비대왕 뭐야? 적반하장도 유분수지.

도깨비여왕 (얼굴을 손으로 만지며) 흥분하지 마세요. 당신 입에서 침이 튀겨요.

도깨비대왕 이젠 모욕까지.

도깨비여왕 당신은 세상 밖 공주를 사모하고 계시죠?

도깨비대왕 당신이야말로 이 세상 밖 군주를 사모하고 있지?

도깨비여왕 속죄하기는커녕 이젠 모함까지 하시는군요.

도깨비대왕 이 숲 속의 모든 생명들이 다 수군거려.

도깨비여왕 저도 똑똑히 들었어요. 도깨비 대왕님이 공주님을 사랑하신다.

도깨비대왕 어떤 미친놈이 그래. 당장 데려와.

도깨비여왕 며칠 동안 어디 계셨죠?

도깨비대왕 당신이야말로 내가 떠나 있는 동안 뭐했지? 남편을 기다리지 않고 군주나 사모해서, 여왕으로서 체통을 깎였어. 빨리 사죄해.

도깨비여왕 누가 할 소린데요?

도깨비대왕 당장 사과 못해!

도깨비여왕 당신이나 사과해요.

도깨비대왕 마지막 기회를 주겠소.

도깨비여왕 저야말로 마지막 기회를 주겠어요.

도깨비대왕 아아, 분노여, 참지 말고 폭발할지어다.

도깨비여왕 오오, 오뉴월 여자의 한이여, 대왕의 머리 위에 된서리가
내릴지어다.

도깨비들, 방망이들을 서로 치켜들더니 싸울 태세다.

M-I2. 〈바람아 불어라〉 (이중창)

도깨비대왕 바람아 불어라 분노의 바람아
저기 저 여자의 시기를 후려쳐라.

도깨비여왕 바람아 불어라 치욕의 바람아
저기 저 남자의 질투를 내리쳐라.

도깨비대왕 고요한 숲을 분노에 떨게 하고

도깨비여왕 세상의 인연을 모조리 끊어라.

도깨비대왕 사랑은 이별을 낳―게 하고

도깨비여왕 이별은 눈물을 샘솟게 하고

도깨비대왕 여자의 사랑이여 눈―물로 지새워라.

도깨비여왕 남자의 사랑이여 한숨으로 날을 지새워라.

도깨비대왕 이렇게 된 바에야 홧김에 서방질이다!

도깨비여왕 이렇게 된 바에야 고래 싸움에 새우 등 터져라!

함께   혼돈이여 일어나라, 뒤죽박죽 일어나라.

모든 게 바뀌고 바뀐 것이 또 바뀌어

세상만사가 아리송 다리송.

될 대로 되어라, 미칠 대로 되어라.

도깨비대왕 고요한 숲속에 내 분통이 터지나니

도깨비여왕 이곳의 물 마시면 보이는 대로 사랑하리.

함께   한 모금만 마시어도 마음이 뒤바뀌리.

한 모금만 마시어도 정념은 변하리라.

갈증 난 사랑이여 마시고 마시어라.

마시고 마시어 눈들을 멀게 하라.

도깨비대왕과 도깨비 여왕이 휙 돌아서 퇴장한다.

점차 세찬 바람 소리 들려오고. 골치와 미랑이 등장한다.

사나운 바람 소리에 사방을 둘러본다.

     M-13. 〈드디어 터졌네〉 (골치, 미랑)

골치   드디어 터졌네 터질게 터졌어.

미랑   아니나 다를까 터지고 말았네.

골치   마른하늘에 날벼락과 천둥 번개 진동하고

마른하늘에 천둥과 벼락이 진동을 하고

미랑   오리무중의 안개와 이슬비에 눈앞이 캄캄.

함께	도깨비 숲에 난리가 났네.
	도깨비 나라가 정신이 없네.
	해는 떠도 빛이 없고, 새는 울어도 소리가 없네.
	곡식의 씨알은 속이 비었고,
	나무의 열매는 그림의 떡이네.
	이러다 도깨비도 미치는 거 아닐까.
	이러다 너와 내가 뒤바뀌지 않을까.
골치	내가 네가 되고
미랑	네가 내가 되고
골치	남자가 여자 되고
미랑	여자가 남자 되고
골치	수놈이 암놈 되면
미랑	암놈도 수놈 되나?
골치	네가 되면
미랑	내가 되고?
미랑	네가 되면
골치	내가 되고?
함께	아이구야 헷갈려라 머리 아파 죽겠네.
	미치고야 환장 허지 도시 도통 어지러워….
미랑	이러다 우린 어쩌. 이런 판 속이라면, 필경 사랑하는 도깨비들도 모두 싸우고 이별할 텐데. 아이구야!
골치	여기에 꼭꼭 숨어 이 어둡고 괴로운 시간이 무사히 지나

가길 빌자.

미랑과 골치가 중얼거리며 하늘을 향해 몇 차례 절을 한다.
도깨비들의 기괴한 울음.
미랑과 골치는 무서운 듯 서로 껴안는다.
도깨비들이 여기저기 나타나 격렬한 춤을 추며 노래한다.

M-14. 〈아무것도 믿지 마라〉 (합창)

으랏차차 얼씨구 으랏차차 절씨구
두드려 뒤집어라, 방망이로 두드려라.
두드리면 뒤집히고 뒤집히면 두드려라.

으랏차차 얼씨구 으랏차차 절씨구
아무것도 믿지 마라, 보인다고 믿지 마라.
아무것도 믿지 마라, 잡힌다고 갖지 마라.
아무것도 믿지 마라, 들린다고 대답 마라.
아무것도 믿지 마라, 던진다고 받지 마라.

으랏차차 얼씨구 으랏차차 절씨구
새소리도 믿을 수 없고, 웃음도 믿을 수 없네.
꽃향기도 믿지 말고, 사랑도 믿지 마라.

으랏차차 얼씨구 으랏차차 절씨구
믿을 것은 오직 저주 믿을 것은 오직 신음.
믿을 것은 오직 이별 믿을 것은 고통일세.

도깨비들이 퇴장한다.
문창, 사나운 바람 소리와 숲속의 까마귀 떼 울음소리에 놀라 깨어난다.

문창 이게 무슨 소리야. 잠자기 전만 해도 이 숲은 평온했는데. (잠자는 수경을 의심스레 쳐다보며 깨운다) 보시오, 여기는 웬일이오?

수경 (계속 졸리는 듯) 도련님. 벌써 깨셨나요? 저는 좀더 자야겠어요.

문창 아니 세상에! (몸을 흔들며) 이봐요, 수경 낭자.

수경 (눈을 감은 채) 날이 새려면 아직 멀었잖아요.

문창 혈혈단신 처녀의 몸으로 이곳엔 웬일이오?

수경 농담하지 마세요, 도련님. 저는 도련님을 따라왔잖아요.

문창 때액. 이 신라의 화랑인 내가 당신을 이곳에 끌고 와 욕보이기라도 했단 말이오. 천지신령님이 들을까 두렵소.

수경 잊으셨나요? 참사랑을요? 그래서 성을 떠나 이곳으로 도망쳤잖아요?

문창 허허, 도망치다니요. 나는 진골 가문의 후손이오. 장차 이 나라를 이끌 기둥이란 말이오.

수경 (웃으며 문창의 팔짱을 끼며) 도련님, 이런 꼭두새벽부터 연극은요.

문창 어허. 이 낭자, 완전히 실성했구만. 내 애인은 옥향 낭자요. 알겠소? (퇴장한다)

수경 도련님, 문창 도련님. 아니, 이게 대체 어찌 된 거지? 장난이 아니라면, 내가 꿈을 꾸는 걸까, 아니면 허깨비를 본 걸까. 아냐, 뭐가 잘못됐어. 도련님이 옥향이를 좋아하다니. 무슨 뚱딴지같은 소리야. 잘못 돼도 단단히 잘못 됐어. 이 바람 소리, 이 괴상한 소리. 왜 이리 으시시하지. 도련님. (퇴장한다)

미흘이 앞서고 옥향이 뒤따라 등장한다. 미흘이 옥향을 보고 미간을 찌푸리다 샘물에 얼굴을 적신다. 옥향도 따라서 한다. 서로 마주보면 표정이 반대로 바뀐다. 미흘이 달려와 옥향을 잡는다.

미흘 낭자, 옥향 낭자.

옥향 그대는 내 사랑이 아니에요. 제발 내 이름을 부르지 말아요.

미흘 낭자, 너무하오. 내 얼굴을 한 번만이라도 쳐다봐 주오.

옥향 솔직히 말해 당신을 보면 소름이 쫘악 끼쳐요. 토할 것 같아요. 우웩!

미흘 난 당신을 보면 무아지경에 빠져요. (무릎 꿇어) 자 마음껏 토하시오. 그대의 것이라면 다 받아먹겠소.

옥향   정말 구제불능이군요. 우액! 정말로 역겨워 죽겠어요.

미흘   (무릎 꿇으며) 이렇게 비오. 당신이 죽으라면 당장 자결하겠소. 내 사랑을 거둬주오.

옥향   (짜증을 내며) 도련님의 사랑을 거둬요? (고개를 가로저으며) 그만 귀찮게 하고 어서 떠나요.

미흘   (옥향의 치맛자락을 잡으며) 옥향 낭자. 이 못난 몸을 거둬주시오, 제발. 당신이 아니면 난 거리에 나뒹구는 쓰레기나 마찬가지요.

옥향   (발길로 차며) 쓰레기면 쓰레기답게 쓰레기더미에나 처박혀요. (퇴장한다)

미흘   낭자, 낭자! (서럽게 울면서 퇴장한다)

천둥 치는 소리. 비바람 소리.

도깨비들의 울음소리.

먹산을 선두로 일행이 가면을 쓴 채 등장한다.

먹산   아니, 아닌 밤중에 홍두깨라더니, 날씨가 왜 이 모양이야.

덤보   (처용 가면을 벗으며) 이 으시시한 소리는 뭐죠?

상쇠   (아내 가면을 벗으며) 도깨비 소리 아닐까요?

덤보   임마, 재수 없는 소리 마.

상쇠   도깨비 전설 아시죠, 도깨비 전설?

덤보   또 웬 헛소리야.

장돌   맞아요. 이 도깨비 숲에서 이렇게 으시시한 날에 인간들이 가면을 쓰고 돌아다니면 도깨비 귀신이 씌어 영락없이 도깨비가 된다면서요?

먹산 때액! 도깨비 되고 싶어 환장했어.

봉재 틀림없어요. 이웃 마을 영감님도 이 숲에 사는 도깨비한 테 붙들려 도깨비가 됐다잖아요.

박대 맞아요. 그러니까 도깨비 숲이죠.

덤보 다 새빨간 거짓말이야, 임마.

봉재 아니라니까요.

덤보 내 말이 맞다니까.

봉재 덤보 형님, 우리 내기할까요?

덤보 좋아, 하자.

먹산 그만. 정신이 있는 거야 없는 거야. 너희 정말 도깨비가 되고 싶은겨? 자, 시간 없으니까 헛소리 다 집어치우고 슬슬한 판 놀아보자구.

덤보 예 좋습니다요.

봉재와 상쇠는 하늘을 보며 다소 불안한 표정을 지으나 마지못해 준비한다.

처용과 아내가 서로 반대편에서 등장하여 마주 보며 춤을 춘다.

M-15. 〈처용의 사랑-1〉 (이중창)

처용 우리 사랑 천리 가네

아내	우리 사랑 만리 가네
처용	우리 사랑 강을 넘네
아내	우리 사랑 산을 넘네
처용	달아 달아 밝은 달아
아내	까까머리 밝은 달아
처용	지붕 위에 호박 넝쿨
아내	자식 넝쿨 호박 넝쿨
함께	산을 넘고 강을 건너
	우리 사랑 둥실 떴네
	살고 지고 살고 지고
	호박 같은 우리 사랑
	어화둥둥 우리 사랑

천둥 치는 소리, 비바람 소리.

도깨비들의 울음.

M-16. 〈처용의 사랑-2〉 (중창)

처용·기녀	휘영청청 달 밝은 밤
역신·아내	휘영청청 달 밝은 밤
처용·기녀	밤드리 노니다가
역신·아내	밤드리 노니다가
기녀	처용님 품안에서 꿈결같이 노니다가

처용　　해당화 옆에 끼고 흥청망청 노니다가

역신　　유부녀 눕혀놓고 희희낙락 뒹굴다가

아내　　불한당 얹혀놓고 가랑이로 뒹굴다가

두 명씩 짝을 맞춰 춤을 춘다.

처용과 기녀가 함께 비틀거리며 역신과 아내 쪽으로 온다.

처용·기녀　들어와 자리 보니

역신·아내　잠결에 깨어 보니

처용　　아니 이것이 웬일이냐 잡것이냐 헛것이냐.

역신·아내　거기 뉘기가 날 찾나, 무슨 볼일로 예 왔어?

기녀　　아이구, 민망해 못 보겠네, 두 눈 뜨고는 못 보겠소.

처용　　두 다리는 늘씬한데 두 다리는 털복숭이.

역신　　이―런 다리 처음 보냐?

아내　　아이구 이런 어쩔 거나!

처용　　이런 니미럴 쌍심지가, 이런 내미럴 뒤집힌다.

역신　　어떤 씨부랄 도적놈이, 남의 방안을 훔쳐보냐.

기녀　　(노래) 니나니 난실로 내가 돌아간다.

아내　　(노래) 니나니 난실로 내가 돌아간다.

처용　　이 여자는 내 여자고, 나는 이 여자 남편이다.

역신　　아니 그것이 뭔 말이여? 명절 때 먹는 송편이 아니었어?!

처용·기녀 (노래) 니나니 난실로 미쳐 돌아간다.

역신·아내 (노래) 니나니 난실로 내가 돌아간다.

먹산 이것 봐! 그렇게 늘어지게 하다간 다들 주무시겠어.

모두 예이.

앞에서 했던 장면을 다시 반복한다. 진행 속도가 약간 더 빠르다.

M-17. 〈처용의 사랑-3〉 (중창)

처용·기녀 들어와 자리 보니

역신·아내 잠결에 깨어 보니

처용 아니 이것이 뭔 일이여?

역신·아내 무슨 볼일로 예 왔어?

기녀 아이구, 민망해.

처용 웬 털복숭이?

역신 이런 다리 처음 보냐?

아내 아이구 이런 어쩔거나!

처용 이런 니미럴 쌍심지가

역신 어떤 씨부랄 도적놈이

기녀   니나니 난실로

아내   니나니 난실로

처용   나는 이 여자 남편이고!

역신   먹는 송편이 아니고?!

처용·기녀   니나니 난실, 나니나 니나니 난실

역신·아내   니나니 난실, 나니나 니나니 난실

        천둥 치는 소리. 비바람 소리.

        도깨비들의 울음소리.

먹산   (춤추다 말고 하늘을 보며) 아무래도 심상찮다. 어서 자리를 피

              하자.

나머지   예, 형님.

        모두, 급히 퇴장한다. 문창이 등장한다.

문창   (두 손을 모아 크게 외친다) 옥향 낭자. 옥향 낭자. 아, 이 숲 속

              을 무작정 돌아다니며 소리쳤더니 가슴이 뜨겁구나. 터질

              거 같아. (물을 허겁지겁 마신다)

        M-18. 〈어찌 된 일인가-1〉 (문창 독창)

전주(前奏) 〈신비의 약효에 도취되는〉

아으— 이 무슨 조짐인가.

아흐— 이 무슨 조화런가.

가슴 속 불덩이는 어인 일로 용솟음치며

머리를 휘감는 뜨거운 불길은 또한 어찌 된 일인가.

〈간주〉

폭설아 몰아쳐라 불타는 이 가슴에

해일아 부셔져라 뜨거운 이 머리에

〈간주〉

저기 저 보이네, 이리 와 내 곁에 머물러 주오.

아으— 아 옥향 낭자, 나의 사랑 옥향 낭자

나의 분골 옥향 낭자, 거기에 멈춰주오.

옥향, 옥향 낭자.

참을 수 없는 욕정에 사로잡혀 굶주린 짐승처럼 불안하게 바닥을
뒹굴고 일어나 펄쩍펄쩍 뛴다.

반대편에서 미흘이 등장한다.

미흘　　(두 손을 모아 크게 외친다) 옥향 낭자. 옥향 낭자. 난 당신을 쫓
　　　　아다니는 영원한 똥개요. 아, 왜 이리 가슴이 타지. 옥향 낭
　　　　자. (괴로워하다가 샘물을 발견한다. 달려가 허겁지겁 샘물을 마신다)

아으— 이 무슨 변괴인가.

아흐— 이 무슨 조화런가.

가슴 속 도가니에 끓나니 쇳물이여.

눈앞에 보이는 정념의 육신은 나를 불태워 녹이네.

〈간주〉

북풍아 몰아쳐라 불타는 이 가슴에

한설아 퍼부어라 뜨거운 이 육신에

〈간주〉

이내 몸 불태워, 이내 몸 불살라 버리려 하오.

아흐-아 옥향 낭자, 나의 안락 옥향 낭자.

나의 쾌락 옥향 낭자, 이 몸을 받아주오.

옥향, 옥향 낭자.

참을 수 없는 욕정에 사로잡혀 굶주린 짐승처럼 불안하게 바닥을 뒹굴고 일어나 펄쩍펄쩍 뛴다.

문창과 미흘이 헤매다가 서로 만난다. 서로 으르렁거리며 공격의 자세를 취한다.

문창	옥향인 내 거야.
미흘	내 거야.
문창	미친 놈.

미흘	너한텐 수경이가 있잖아.
문창	수경의 '수'자도 꺼내지 마.
미흘	수!
문창	으악.
미흘	수! 수! 수!
문창	이 이빨로 네 놈의 사지를 갈기갈기 찢어버리리라.
미흘	누가 할 소리. 옥향 낭자를 위해서라면 수!
문창	으악.
미흘	수! 란 말을 백 번 천 번이고 지껄여주마. 수! 수! 수!….

문창이 달려들자 미흘은 요리조리 피한다.

미흘	네놈하고 한가하게 싸울 시간 없다. 난 옥향 낭자 찾으러 간다. 수! (퇴장한다)
문창	으악! (뒤따라 퇴장한다)

수경, 등장한다.

수경	도련님, 문창 도련님. 아이 힘들어. 대체 문창 도련님은 어디 계실까? 날 이렇게 버리고 가다니. 분명히 정신 나갔어. 내가 잠든 사이 그이한테 무슨 일이 생긴 거야. (풀이 죽어 바닥에 털썩 주저앉는다)

옥향, 등장한다. 수경을 발견한다.

옥향   어머! 수경아.

수경   옥향아. (껴안고 운다)

옥향   왜 울어.

수경   문창 도령이 날 버렸어. 아무래도 이상해.

옥향   하하하.

수경   왜 웃어?

옥향   왜 그런지 몰라?

수경   으응?

옥향   요즘 사내들은 너같이 마른 여자 싫어해. 나처럼 얼굴도
         통통하고 몸도 통통해야지.

수경   (자신의 몸과 옥향의 몸을 비교하며) 정말 그러니?

옥향   야, 말도 마라. 난 미흘 땜에 죽겠다.

수경   미흘 도령이 왜?

옥향   우리 집 똥개처럼 자꾸 따라다니잖아. 귀찮아서 한번 세
         게 차줬어.

수경   너무했다, 얘.

옥향   완전히 찰거머리야.

수경   옥향아, 네가 너무 부럽다. 문창 도령도 전에는 그랬었는
         데….

옥향   (그리워 부르듯) 아 문창 도령.

수경   문창 도령이 왜?

옥향	내 사랑. 내 영원한 사랑.
수경	아니, 뭐야!
옥향	문창 도령과 결혼할 거야.
수경	너, 농담이지?
옥향	결혼을 농담으로 하니?
수경	문창 도령은 내 꺼야.
옥향	왜 소리 질러. 못생기면 다야?
수경	아니, 너.
옥향	계집애. 못 생겨 가지고 질투는.
수경	자꾸 못생겼다고 그럴래?
옥향	아. 미안. 흥, 못생긴 것이.

수경이 옥향과 싸우려 할 때 문창이 등장한다.
수경이 먼저 문창을 알아본다.

수경	도련님.
문창	(수경은 안중에도 없다. 옥향에게 달려가 껴안으며) 낭자. 낭자를 찾느라 이 숲을 온통 뒤졌소.
옥향	저도 도련님이 보고 싶었어요.
문창	자, 거추장스런 옷일랑 벗어요. 당신의 보드라운 살결을 만지고 싶소.
수경	으악!
문창	내 가슴에 이글이글 타오르는 태양이 있소. 날 안아주지

않으면 내 몸이 불에 타 없어질 거요. 자, 어서.

수경 (문창에게 다가서며) 이봐요, 어쩜 이럴 수 있죠?

문창 넌 저리 비켜. 못생긴 것이.

수경 못생겼다고요? 전에는 입에 침이 마르도록 이쁘다고 하셨 잖아요.

문창 어서 꺼지라니까, 천하의 이 박색아. 요 난쟁이 도토리 같 은 것아!

수경 절 잘 보세요. 전 수경이에요. 수경이.

문창 으악. 내 앞에서 '수'자를 꺼내지 마. 듣기만 해도 소름 끼 쳐. 네 얼굴만 봐도 머리가 터질 거 같애.

미흘이 등장하여 옥향을 껴안고 입 맞춘다.

미흘 옥향이.

옥향 (비명을 지르며 미흘을 밀친다) 제발, 따라다니지 좀 말아요.

문창 나쁜 자식.

미흘 옥향 낭자의 육체는 내 거야.

문창 천만에. 옥향 낭자의 영혼은 네게 공짜로 주겠다. 하지만 육체는 안돼.

문창과 미흘은 옥향을 가운데 두고 원을 그리며 서로 돈다.

수경 (안절부절못하며) 이를 어째. 뭐가 잘못돼도 단단히 잘못됐어.

수경은 달려들어 문창과 미흘의 팔을 깨물어버린다.

문창과 미흘은 잠시 고통스러워한다.

문창 독사 같은 년.

미흘 천년 묵은 불여우.

수경 아니, 어쩜.

문창 눈부신 옥향 낭자의 그림자나 되어라.

옥향 수경아, 수경아.

미흘 신라의 화랑이 낭자에게 쓰는 말치곤 너무 험악하지 않은 가? 이보게 문창, 수경 낭자는 놔두고, 나와 시합을 해서 옥향 낭자를 차지하는 게 어떻겠는가?

옥향 싫어요. 미흘 도령이 뭔데 감히 날 차지한다고 말하죠?

미흘 (안타까운 표정으로) 옥향 낭자!

문창 (옥향을 말리며) 옥향 낭자. 저놈과의 시합이라면 눈감고도 자신 있소. 그래 무슨 시합인가?

미흘 (생각하다가) 각자 숲 속을 뒤져서 도깨비를 찾은 다음 도깨 비와 싸워 이겨서 도깨비불을 가져오는 걸세. 먼저 가져 오는 사람이 옥향 낭자를 차지하도록 하세.

문창 그거 좋은 생각이군.

미흘 여보게, 옥향인 어머니 뱃속에서 태어날 때부터 내 거 였어.

문창 옥향 낭자는 그녀의 어머니와 아버지가 태어나기 전부터 내 거였어.

미홀 너 같은 겁쟁이는 도깨비만 봐도 기절할걸. (깔보듯이 웃고 퇴장하면서) 어서 내 꽁무니나 따라오시지.

문창 좋다! 내 저승 끝까지 따라가주마. 옥향 낭자, 여기서 기다려주시오. 내 도깨비불을 갖고 금방 돌아오리다. (포옹한다)

옥향 (품에 안기어) 예, 도련님. 부디 몸 건강히 돌아오시어요.

문창 (포옹을 풀어 미홀이 퇴장한 쪽을 향해) 도깨비들아, 이 문창 도령이 나가신다! (퇴장한다)

수경 어머, 저럴 수는 없어! 없다구! (울면서 퇴장한다)

옥향 (아쉬운 듯 문창이 퇴장한 곳을 보다가 돌아서서) 이럴 때가 아냐, 수경일 찾아야지. 수경아, 수경아.

도깨비 대왕과 골치, 남자 도깨비들이 춤을 추며 등장한다.

M-20. 〈도깨비 대왕의 저주〉 (독창 · 합창)

합창 우— 우— 우— 우—.
      샘이 난 대왕님이 항우 걸음으로 납신다.
      화가 난 대왕님이 장비 걸음으로 납신다.

도깨비대왕 오지 않으리! 결코 안 오리.
        여왕의 숲에 봄은 안 오리.

합창 그러고 말고요, 여부가 없죠.

도깨비대왕 말라 죽으리! 기필코 마르리.

시냇물 마르고 곡식도 마르리.

합창　그러고 말고요, 여부가 없죠.

도깨비대왕　꺾이어 죽으리! 결단코 꺾이리.

새들의 날개도 여왕의 콧대도!

합창　아무렴 그렇지 그러고 말고!

도깨비대왕　사라져 버려라! 흔적도 없어라!

새봄의 소식도 여왕의 몰골도

합창　아무렴 그렇지 그러고 말고!

도깨비대왕　(대사) 흥. 여왕이 나와 겨뤄보겠다 이거지.

골치　그럴 리가 있겠어요.

도깨비대왕　네가 뭘 안다고 그래.

골치　이러다 이 숲이 무사하지 않을 거예요.

도깨비대왕　여왕이 와서 두 손을 싹싹 빌지 않으면 절대 안 돼.

골치　오죽하면 이 숲속에 있는 인간들도 미쳤다고요.

도깨비대왕　뭐. 깜깜한 한밤중인데 이 숲속에 인간이 어딨어.

골치　저기 보세요.

문창과 미흘이 긴 칼을 들고 나타나 도깨비들을 상대로 정신없이
칼을 휘둘러댄다.

도깨비대왕　저놈들은 신라의 화랑들이 아니냐. 대체 뭐 하는 짓이
냐?

골치　　　우리 도깨비들을 잡아서 도깨비불을 가져간대요.

도깨비대왕　뭐! 미친놈들.

골치　　　정말 미쳤다니까요. 이게 다 대왕님 때문이라구요.

도깨비대왕　(골치의 머리를 때리며) 이놈이.

골치　　　여왕님과 화해하세요.

도깨비대왕　절대 못 해.

골치만 빼놓고 모두들 퇴장한다.

반대편에서 도깨비 여왕, 미랑, 여자 도깨비들이 춤을 추며 등장

한다. 골치는 숨어서 본다.

M-21. 〈도깨비 여왕의 저주〉 (독창·합창)

합창　　　오— 오— 오— 오—.

골이 난 여왕님이 종종걸음으로 납신다.

성이 난 여왕님이 뱁새 걸음으로 납신다.

도깨비여왕　용서 않으리! 결코 못 하리.

대왕의 심술 두고 안 보리.

합창　　　그러고 말고요, 여부가 없주.

도깨비여왕　지지 않으리! 절대로 못 지지.

똥고집 대왕께 한발도 못 물러.

합창　　　그러고 말고요, 여부가 없주.

도깨비여왕 저주가 내리리! 여자의 저주가
           오뉴월 분노에 서릿발 내리리!

합창   아무렴 그렇지 그러고 말고요!

도깨비여왕 사라져 버려라! 흔적도 없어라!
           화해의 바람도 대왕의 몰골도

합창   아무렴 그렇지 그러고 말고요!

도깨비여왕 (대사) 지금까진 내가 양보했지만 오늘만큼은 절대 안 돼.

합창   (반주 없이) 아— 아—.

도깨비여왕 시끄러워!

미랑   여왕님. 한번만 더 양보하세요.

도깨비여왕 내 앞에서 무릎 꿇고 두 손에 불꽃이 튀도록 싹싹 빌지
           않는 한 절대 안 돼.

미랑   우리 땜에 불쌍한 처녀들이 숲속을 헤매고 있어요.

도깨비여왕 이 밤중에 처녀들이?

미랑   저기 보세요. 길을 잃었는지 사랑을 잃었는지 모르지만
           코 앞에 두고도 장님처럼 헤매면서 찾고 있어요.

          옥향과 수경이 서로의 이름을 부르며 찾고 있다. 그러나 서로 알
          아보지도, 만나지도 못한다.

도깨비여왕   진짜 장님 아니냐?

미랑   저게 다 여왕님 때문이에요.

도깨비여왕   왜 나야? 대왕 때문이지.

미랑   어쨌든 두 분께서 싸우는 한 이 숲은 그리 오래가지 못할 거예요. 나무들은 힘을 잃어 바닥에 누우려고 해요.

도깨비여왕   이럴수록 흔들리면 안 돼. 더욱 강하게 세게. 이제부터 여자 도깨비들은 대왕의 숲에 못 간다.

미랑   예?!

미랑만 제외하고는 모두들 떠난다. 골치가 무대 중앙으로 나와 서로 만난다.

미랑   어쩌지? 앞으로 우린 못 만난대.

골치   히히. 지금 이렇게 만났잖아. 자, 우린 여기서 신라의 달밤 이나 구경하자.

광대들이 잠시 가짜 도깨비 행세를 한다. 도깨비 가면을 쓰고 춤 추며 노래한다.
어디서 구했는지 손에 도깨비 방망이를 하나씩 들고 있다.

M-22. 〈도깨비 잔치〉 (남성 중창)

합창   어라 비켜라 발길을 터라.

저리 치워라 행차길 터라.

도깨비 뿔이 납신다 도깨비 방망이 행차시다.

(관객들 머리를 가리키며) 어라 비켜라 수박통 깨질라.

(관객들 머리를 가리키며) 저리 치워라 된장통 치워라.

도깨비1   이 도깨비는 외눈박이.

도깨비2   요 도깨비는 절름발이.

도깨비3   이 도깨비는 입이 두 개고

도깨비4   요 도깨비는 팔이 하나여.

합창   여러 도깨비 맵시를 냈네.

도깨비 나라에 굿판이 섰네.

여러 도깨비 잔치가 났네.

도깨비 나라에 난장이 섰네.

도깨비1   멀리 있으면 이렇게 보고 (한 눈이지만, 주욱 빼내니 망원경이 된다)

도깨비2   화가 나면은 이렇게 치고 (목발 하나로 옆 사람을 후려친다)

도깨비3   배가 고프면 두 입에 넣고 (주머니에서 양손으로 음식을 꺼내, 동시에 두 입에)

도깨비4   물건 들 때는 요렇게 들지.

외팔이인 도깨비4, 무얼 드는데, 자기도 모르게 자신의 몸에서 숨어 있던 다른 팔이 불쑥 나오자, 옆에 있던 도깨비들이 달려들어 때리고, 외팔이 도깨비4는 도망간다.

합창　　　여러 도깨비 맵시를 냈네.

　　　　　　도깨비 나라에 굿판이 섰네.

　　　　　　여러 도깨비 잔치가 났네.

　　　　　　도깨비 나라에 난장이 섰네.

　　　　　　노래가 끝나자 광기를 발산하듯 괴성을 지르며 진짜 도깨비들처
　　　　　　럼 축제를 벌인다.

　　　　　　그 사이에 진짜 도깨비들이 양편으로 하나둘씩 나타나 광대들의
　　　　　　노는 모습을 본다.

진짜도깨비1　너희 놈들은 누구냐?

먹산　　　보면 몰라.

진짜도깨비2　이 가짜 도깨비 놈들.

덤보　　　이 가짜 도깨비 놈들.

진짜도깨비3　얻다 대고 가짜라 그래.

덤보　　　얻다 대고 가짜라 그래.

진짜도깨비4　뭐야. 이놈의 똥배짱 봐라.

덤보　　　내가 똥배짱이면 네놈은 오줌보 터지는 오줌 배짱이냐?
　　　　　　좋은 말할 때 꺼져, 임마.

진짜도깨비1　아이고, 답답해라.

진짜도깨비2　이놈들아, 대왕님께 이르기 전에 어서 꺼지지 못해.

덤보　　　어허, 이놈들아, 대왕님께 이르기 전에 어서 꺼지지 못해.

진짜도깨비3　이놈아, 따라하지 마.

상쇠　　　이놈아, 따라하지 마.

진짜도깨비4 어허, 그래도 따라하네.

장돌　　　어허, 그래도 따라하네.

진짜도깨비1 좋다. 내가 문제를 내서 네놈들이 알아맞추면 너희가 진짜다.

먹산　　　좋을시구, 지화자!

진짜 도깨비들이 모여 의논한다.

진짜도깨비1 우리 대왕님의 시중을 드는 하인의 이름은?

덤보　　　(화를 내며) 아니 그런 걸 어떻게 알아. 아이고 골치야.

진짜 도깨비들 모두 놀란다.

진짜도깨비1 하이고 이놈이 귀신인가보다. 그걸 어떻게 알았지!

덤보도 잠시 놀라나 짐짓 모르는 체한다.

먹산　　　자 이젠 우리 차례다.

진짜 도깨비들, 몹시 당황한다.

먹산　　　도깨비는 도깨비인데 도깨비불이 없는 도깨비는?

진짜도깨비2 세상에 도깨비불이 없는 도깨비가 어딨어.

당황하는 진짜 도깨비들이 아무리 의견을 나눠도 알아내지 못한다.

먹산 빨리 대답하지 못하느냐?

진짜도깨비2 아이고, 모르겠다.

먹산 얘들아.

모두 (입을 모아) 가짜 도깨비. (배꼽 잡고 웃어댄다)

진짜 도깨비들, 절망한다.

먹산 자 너희들이 졌으니 당장 이곳을 떠나라.

진짜도깨비3 우린 절대 못 떠나.

먹산 가짜 놈들아, 약속을 지켜야지.

진짜도깨비4 이놈들아, 비록 문제는 못 풀었지만 절대 여기를 못 떠나.

먹산 안되겠다, 얘들아. 이놈들. 한 판 붙자.

진짜도깨비1 좋다 이놈.

가짜 도깨비들과 진짜 도깨비들이 자연스레 닭싸움의 자세를 취한다.
닭싸움 한 판이 시작된다.
진짜 도깨비들은 가짜 도깨비들의 실력을 당하지 못한다.
결국 가짜 도깨비들이 이기고 진짜 도깨비들은 도망친다.

가짜 도깨비들이 환성을 지르자 무대 양쪽에서 대왕과 여왕이 각각 떨어져 이 광경을 진짜 도깨비들과 함께 지켜본다.

도깨비대왕　으이그, 가짜 도깨비 놈들한테 지다니. 이 대왕 망신 다 시키네.

도깨비여왕　그러게 말이에요. 그나저나 저 인간들이 진짜 도깨빈줄 알고 있으니 한심하죠.

도깨비대왕　못난 놈들. 이런 날에 가면 쓰고 다니면 도깨비 혼이 씌 워지는 것도 모르나.

도깨비여왕　그러니까 인간들이죠. 어서 마법으로 풀어주죠.

도깨비대왕　그럽시다.

도깨비 대왕과 도깨비 여왕이 주문을 왼다.

도깨비대왕　조금 있으면 자신들의 모습을 보게 될 거요.

도깨비여왕　아무렴요. 인간은 인간답게, 도깨비는 도깨비답게.

문창이 칼을 들고 당당히 등장한다.

문창　도깨비 놈들아, 썩 나오지 못할까. 이 신랑의 화랑이 그리 도 무섭더냐. 어서 나와 무릎을 꿇어라.

문창은 가짜 도깨비 둘이 다가서자, 그 모습을 보고 그대로 기절한다.

반대편에서 미흘이 칼을 들고 등장한다.

미흘   야 이 도깨비 놈들아. 오늘은 네놈들 제삿날이다. 숨지 말고 나와라. 도깨비불을 순순히 내놓으면 네 파리같이 가련한 목숨만은 살려주겠다. 셋을 셀 동안 나오지 않으면 이 정의의 칼이 결코 용서치 않으리라. 하나.

가짜도깨비   하나!

미흘   둘!

가짜도깨비   둘! (사이, 미흘을 향해 모두 일제히 뛰어들며) 셋!

미흘, 사방을 둘러싼 가짜 도깨비들을 보고 그대로 기절한다. 가짜 도깨비들이 깔깔대고 웃자, 이 광경을 지켜보는 진짜 도깨비들이 주문을 외듯 괴성을 지른다. 가짜 도깨비들은 갑자기 어수선하며 놀라기 시작한다. 그러더니 주위가 갑자기 조용해진다. 그들은 서로를 쳐다보며 놀란다.

모두   (서로에게) 도, 도, 도, 도깨비야.

그들은 혼비백산 도망친다. 진짜 도깨비들은 이 광경을 보고 웃음을 참을 수 없다.

잠시 후 문창과 미흘이 서서히 일어난다.

M-23. 〈머나먼 사랑의 길〉 (문창, 미홀)

함께   사랑을 구하러 미로를 헤매는 나의 발길이 애처로워
        소쩍새 슬피 우는 이 숲속에 아직도 홀로 서있네.

문창   이리 봐도 구할 길 없고

미홀   저리 봐도 찾을 길 없는

함께   사랑의 불, 그 불일랑, 이 가슴을 태우나니,
        아— 어드메에 있다더냐,
        도깨비 불, 사랑의 불, 환락의 불, 쾌락의 불.
        애간장 태우는 불꽃이여.
        지친 이 발길에 달님이여 비쳐다오. 별님이여 비쳐다오.
        아— 아— 아— 아—.
        아— 아— 아— 아—.

문창과 미홀의 노래가 흐르는 가운데 옥향과 수경의 대사가 진행된다.

옥향   괜찮니?

수경   아니.

옥향   울고 있었구나.

미홀   이 내 사랑 외로이 홀로 남아 절벽 끝에 서 있누나.

문창   이 내 사랑 가도 가도 끝없어 내 간장을 녹이누나.

함께　　우리 신세 서로 처량하여 애처롭게 바라보네.

수경은 문창에게 다가가려는 옥향을 붙잡으며 숲속으로 데려가 몸을 숨긴다.

미흘　　또 만났군.

문창　　도깨비불은?

미흘　　내가 무서워 다 도망갔지. 너는?

문창　　나도 마찬가지. 어쨌든 옥향 낭잔 내 거야.

미흘　　절대 양보 못 해. (샘물 쪽으로 가서) 목이 마르니 물 좀 마셔 야겠다. (벌컥벌컥 마신 뒤 격렬하게 전율한다) 수경인 내 거야. 알아?

문창　　지금 뭐라고 했어?

미흘　　귀에 말뚝 박았냐? 수경이 내 거라고 했다.

문창　　하하. 이제야 패배를 인정하는군.

옥향과 수경은 무슨 영문인지를 모른다.

미흘　　무슨 소리야. 난 원래 수경 낭자만을 사랑했어.

문창　　미친 놈. 바람둥이에 변덕쟁이.

미흘　　우리 어머니가 날 낳은 후부터 쭉 수경 낭자만을 사모했 어.

문창　　(샘물에서 물을 마신 다음 경련을 일으킨다) 수경인 내 거야.

옥향과 수경은 놀란다.

미홀   (멱살을 잡으며) 나쁜 놈. 내가 수경을 좋아하니까 훼방 놓고 싶다 이거지.

문창   (멱살을 맞잡으며) 수경인 어머니 뱃속에서 태어날 때부터 내 거였어.

미홀   안 되겠다. 이 칼로써 승부를 내자.

문창   사생결단이다.

문창과 미홀, 검을 뽑아들고 싸우기 시작한다.

옥향   이를 어쩌지?

수경   아무래도 저 물이 이상해.

옥향   저 물이 왜?

수경   저 물을 마시더니 이상해졌잖아.

도깨비대왕   으이그, 저건 다 당신 때문이야.

도깨비여왕   당신만 안 그랬어도 저렇게 안 했어요.

골치   (혼잣말) 저러다 누구 하나 저주의 물에 빠지기라도 하면 그냥 죽는데, 내가 가 봐야지. (무대 밖에서 조그만 물동이를 등에 지고 그들이 있는 곳으로 간다)

도깨비대왕   좀 더 두고 보자.

수경이 숲에서 나온다. 옥향도 뒤따라 나온다.

수경　　잠깐만요.

문창과 미흘은 싸움을 중단하나 서로를 계속 경계한다.
물동이를 지고 있는 골치는 문창과 미흘 사이에 선다.

문창　　오, 수경낭자! 난 당신을 사랑하오.

미흘　　난 여자라곤 당신밖에 모르오. 이제야 내 앞에 나타났
　　　　구려.

수경　　지금도 절 좋아하나요?

문창·미흘　물론이오. 물론이구 말구.

수경　　그럼 제 소원을 들어주실 거죠?

문창　　이 목숨이라도.

미흘　　기꺼이 바치겠소.

수경　　좋아요. 문창 도련님, (물동이를 가리키며) 이 물을 한 모금 마
　　　　셔보세요.

골치　　좋았어!

문창　　당신이 원한다면 기꺼이. (물을 마신다. 옥향을 향해) 옥향 낭자.

옥향　　으악!

미흘　　아니 이게 어찌된 일이야.

수경　　다음은 미흘 도련님.

미흘　　(약간 두려운 표정이다) 나는 당신밖에 없는데.

수경	어서 드셔요.
미홀	(물을 마시고 옥향을 본다) 옥향 낭자.
문창	이럴 리가 없어. (물을 마신다) 수경 낭자.
미홀	이럴 리가 없어. (물을 마신다) 수경 낭자.
문창	(물을 허겁지겁 마신다) 옥향 낭자.
미홀	(물을 허겁지겁 마신다) 옥향 낭자.
문창	(정신을 차리려는 듯 얼굴을 물에 담갔다 뺀다) 수경 낭자.
미홀	(정신을 차리려는 듯 얼굴을 물에 담갔다 뺀다) 수경 낭자.
옥향	도, 도깨비한테 홀렸어. (기절하여 쓰러진다)
수경	옥향아. 정신 차려.
문창	옥향 낭자.
미홀	옥향 낭자.
도깨비대왕	다 알아차렸네.
도깨비여왕	그러네요.
수경	이제 아셨죠? 우린 도깨비에 완전히 홀렸어요.
문창	난 수경 낭자뿐이오.
미홀	나도요.
수경	(화를 내며) 지금 이럴 때가 아니란 말이에요. 옥향일 데리고 빨리 여길 빠져나가야 해요.
문창	어떻게 말이오?
수경	몰라요. 하지만 분명한 건 우리의 사랑이 모두 진짜가 아니라는 거예요.
미홀	내가 당신을 사랑하는 게 거짓이란 말인가요?

문창	대체 뭐가 진짜고 뭐가 가짜죠?
수경	나도 몰라요. 하지만 모두들 분명히 경험했잖아요.
미홀	왜 이리 눈이 무겁지. 잠들면 안 되는데. (풀썩 쓰러져 잔다)
수경	여기서 자면 안 되는데…. (풀썩 쓰러진다)
문창	낭자, 수경 낭자, 자면 아니 되오. (긴 하품을 하더니 풀썩 쓰러져 잔다)

도깨비대왕	자, 저 신라의 젊은이들을 짝지어 줘라.
골치	어떻게요?
도깨비대왕	그걸 몰라?
골치	마법의 물을 마셨는데 누가 알겠어요?
도깨비대왕	(곰곰이 생각하다가) 하는 수 없다. 아무렇게나 짝지어라.
모두	예이.

도깨비들은 옥향과 수경을 번쩍 들더니 이리저리 놓았다가 다시 들어 옮긴다. 옥향을 미홀 곁에, 수경을 문창 곁에 눕힌다.

2장. 새벽

위의 무대에 군주, 연화, 신하, 병사들 줄을 지어 등장.

군주	자, 이 들판이 맞는가.

신하	예, 그러하옵니다. 백성들이 이 널찍한 들판에서 내일 밤 달이 뜨면, 군주님의 결혼을 축하하고 백년해로를 기원하는 연극을 올린다 하옵니다.
군주	그래. 헌데 숲 쪽에 있는 저것들은 무엇인고? 공포에 떨며 날 찾아왔던 그 광대들이 간밤에 보았다던 도깨비들인가?
연화	지난번 길에서 싸우던 화랑들과 여인들인 것 같군요.
군주	정말 그렇군. 가만, 오늘이 바로 수경이 애인을 결정하는 날이 아니요?
연화	예.
군주	나팔을 불어 그들을 깨워라.

안에서 나팔소리. 문창, 미흘, 옥향, 수경, 깨어 일어난다.

군주	안녕들 한가. 간밤에 벌써 사랑의 짝을 맺었는가?
문창	용서하십시오, 군주님.
군주	보아하니 사이가 좋아 보이는데 어찌 된 일인가?
문창	군주님, 사실은 저도 잘 모르겠습니다. 다만 저희는 사랑을 위해 성을 떠났습니다.
수경	예.
미흘	군주님, 저는 수경 낭자를 쫓아 이곳으로 왔습니다만, 헌데 어찌 된 일인지 모르겠으나, 지금은 옥향 낭자만이 저의 영혼이고, 사랑입니다.

옥향　　전 예나 지금이나 한결같이 미흘 도련님뿐이옵니다.

M-24. 〈축복 받으라〉 (이중창·합창)

합창　　에헤야 어허야 디야 경사로세 경사로구나.
　　　　어럴럴 지화자 좋네 서라벌에 경사가 났네.

군주　　무쇠가 단단해도 풀무에는 녹는 법.
　　　　미움과 시기는 꿈같은 세월에
　　　　흔적 없이 사라져 버렸구나.

합창　　에헤야 어허야 디야 풋고추에 된장 궁합.
　　　　하늘이 감동하사 일편단심 먹은 마음
　　　　하늘 기운 땅의 정기로 서로 만나
　　　　호시절에 꽃을 피우네.

합창　　에헤야 어허야 디야 찰떡같은 우리 사랑.

군주·연화　그대 사랑은 연분이오, 우리 사랑은 천분인데
　　　　청천백일에 언약으로 천년만년 살고 지고

합창　　에헤야 어허야 디야 천년만년 살고 지고
　　　　어럴럴 지화자 좋네 서라벌에 경사가 났네.

군주　　(대사) 천지신령님께서 점지해 주신 너희 두 쌍은 우리와
　　　　함께 혼례를 치르도록 허락하노라. 자, 가십시다.

군주, 연화, 그 일행, 수경, 옥향, 문창, 미흘, 퇴장.

도깨비대왕 (고개를 끄덕인다)

도깨비여왕 신라의 젊은이들은 지혜롭군요.

골치 도깨비들보다 훨씬 낫다.

도깨비대왕 아니 뭐야.

도깨비여왕 (꿀밤을 때린다)

골치 아얏.

도깨비대왕 하하하. 고것 참 고소하다. 난 이제 화를 풀겠소.

골치 정말요?

도깨비대왕 저 신라의 처녀 총각들을 보니 내 행동이 부끄러워.

도깨비여왕 당신이 그러니 저도 화를 풀겠어요. 사실 저도 우리 도깨비들과 이 숲속의 짐승들이 괴로워하는 걸 보고 마음 아팠다구요.

골치 야호!

미랑 야호!

도깨비대왕 자, 오늘 밤에 있었던 일은 모두 악몽이라고 생각하자. 자, 도깨비 숲이여 한여름 밤에 달콤한 꿈을 꾸어라. 신라의 젊은이들이여 새벽이 올 때까지 지치고 괴로운 육신을 편히 쉬어라. 그리고 도깨비들이여, 너희들은 도깨비불을 환하게 밝혀 뜨거운 사랑을 나눠라. 또한 내일은 저 인간 세상에서 훌륭한 군주와 아름다운 공주의 혼례식이 거행된다. 자 모두 그들을 축하해주자.

도깨비여왕 먼저 당신이 한 마디 한 마디 장단을 맞춰서 노래를 부르시면 우리 도깨비들도 모두가 손에 손을 맞잡고 곡조도 아름답게 그들의 혼례를 축복하기로 하죠.

M-25. 〈이 밤을 노래해〉 (독창 · 합창)

도깨비대왕 어둡고 컴컴한 밤이 가고,

도깨비여왕 환란과 증오의 밤이 가고,

도깨비대왕 화해와 용서의 날이 왔네.

도깨비여왕 사랑과 축복의 날이 왔네.

골치 · 미랑 길 잃은 짐승들이 아기종 아장 집을 찾고,
　　　　　　　벙어리 새들이 삐릴리 릴리 노래하네.

4중창 이 숲속의 검은 구름은, 산들바람에 밀려가고
　　　　　이해하며 싹튼 사랑 꽃피우고 열매 맺네.
　　　　　어화 얼씨구 우리사랑, 어화 절씨구 다시 찾네.
　　　　　어화 어리렁 노래하세, 어화 스리렁 춤을 추세.

도깨비대왕 · 도깨비여왕 이 밤은 우리에게 묵은 사랑 새겨주고,

골치 · 미랑 이 밤은 우리에게 풋사랑을 익게 하네.

4중창 어화 얼씨구 우리사랑, 어화 절씨구 다시 찾네.
　　　　　어화 어리렁 노래하세, 어화 스리렁 춤을 추세.

3막

1장. 군주의 성 안

혼례의 노래를 부르며, 등장하고, 축하하면서 혼례식이 진행된다.

M-26. 〈오늘은 혼례의 날〉(독·합창)

합창   아— 아— 에— 헤야— 원앙금침을 펼쳐놓고,
에-헤에야-어하야 청사초롱에 불 밝혀라.
나귀 타고 가마 타고 견우 직녀가 나올 적에
젓대 소리 풍각 소리 엉덩이춤이 절로 나네.

사회   저기 가는 저 기러기로 오작교를 만들어 놓고
합창   아장아장 걸음을 걷는다 견우 직녀가 상봉을 한다.

사회   원앙 쌍쌍 입 물려놓고 해로가를 불러나 보니
합창   얼싸안고 두둥실 춤춘다 견우 직녀가 혼례를 한다.

합창   아— 아— 에— 헤야— 원앙금침을 펼쳐놓고
에-헤에야-어하야 청사초롱에 불 밝혀라.
우리사랑 어절씨고 칠년대한에 단비로세.

우리사랑 천년만년 영원토록 살고 지고

주례 세 명의 신랑은 어떠한 고난이 닥쳐도
결혼의 맹세를 황금 같이 지킬 것을
천지 신령님께 약속하겠는가?

신랑들 예!

주례 세 명의 신부 역시 어떠한 고난이 닥쳐도
결혼의 맹세를 황금같이 지킬 것을
천지 신령님께 약속하겠는가?

신부들 예!

주례 그대들은 천지 신령님과
여기에 계신 수많은 내빈들 앞에서
하나가 될 것을 언약하였으니,
서로 예를 갖추어 큰절을 올려라.

간소하게 신랑, 신부들이 예를 갖추어 큰절을 올리고 술을 나누어 마시면 혼례식이 끝난다.

문창·미홀 군주님의 앞날에 더욱더 큰 행복이 있으시기를 축원하옵니다.

군주 고맙소. 자, 이제는 마지막 구경거리가 무엇이냐? 우리 모두 잠자리에 들 때까지 재미있게 시간을 보내보자.

신하 가난한 백성들이 열심히 하긴 했으나 큰 기대는 하지 마

십시오.

연화 가난한 백성들이 했다는 건 어딘가 엉성해 보여요.

군주 그렇지 않소. 번지르르하고 화려한 것보다 오히려 단순한 게 진실과 통하는 법이오. 자 그대들도 어서 자리를 잡으시오.

신하 그럼, 군주님의 분부대로 시작하겠나이다.

시작을 알리는 징 소리. 북 장단에 맞추어 먹산, 덤보(처용 역), 장돌(방문 역), 박대(기녀 역), 상쇠(처용의 아내)가 덩실덩실 흥겹게 춤을 추며 등장한다.
먹산이 연희자뿐 아니라 해설자의 역할도 한다.

먹산 자 시작하기 전에 한 가지 미리 말씀드리겠습니다. 극중에 혹 나으리들께 도움을 청하는데, 당황하지 마시고 도와주시기를 바랍니다요. 저희들 마음만은 악의라곤 눈곱만치도 없고, 다만 군주님 혼례를 경축할 뿐만 아니라 우리 성이 태평성대하기를 진심으로 바라는 뜻에서 하는 것이니까요. 자, 그럼 들어갑니다요.

먹산, 시작을 알리는 징을 치자, 광대들이 사방으로 흩어진다.
처용과 기녀는 한곳에서 오순도순 장난도 치고 웃으며 놀고 있다.
이 '처용의 탈춤'에서는 광대들의 연기가 장단에 맞춰 이뤄지는 춤동작이다. 방문이 앞으로 나선다.

방문	쉬이— 나는 처용 부부가 잠자는 안방의 방문이어라. (춤을 추며 노래) 낮이면 활짝 열리고 밤이면 꽉 닫히고, 여름이면 확 열리고 겨울이면 꽉 닫히는 방문. 나는야 처용 부부의 지킴이어라.
먹산	야 이놈아. 방문이 어찌 사람처럼 주둥아릴 놀리냐. 이빨 뚝.
방문	뚝.

처용의 아내가 사뿐사뿐 걸어와 멀리 집 밖을 내다본다.
남편이 오지 않아 걱정이다.

아내	달아.

먹산이 불 켜진 초롱을 들고 나와 아내의 머리 위쪽에 높이 치켜든다.

아내	달아 밝은 달아 왜 말이 없느냐?
먹산	예이—.
아내	너는 처용 서방님이 어디 계신지 알고 있겠지?
먹산	히히. (손가락으로 처용과 기녀 있는 곳을 가리킨다) 아니오.
아내	알고 있지? 그렇지?
먹산	절대 모릅니다요.
아내	이게 벌써 몇 달째란 말이냐? (슬픔에 흐느끼며 방문 뒤로 가서

몸을 숨긴다)

먹산 이렇게 해서 날이 가고 달이 가기를 몇 번. 그러던 어느 날 아주 희한하게 생긴 역신이 나타났것다.

역신이 주위를 살피며 조심스레 등장한다.
역신이 방문으로 다가오자 방문은 잔뜩 겁을 먹고 떤다.
역신은 손가락에 침을 묻혀 방문에 구멍을 내려고 한다.
방문은 용기를 내어 역신의 머리를 한 대 때린다.
역신은 하늘에서 무엇이 떨어진 줄 알고 하늘과 땅을 번갈아 본다.
역신은 이상하다는 듯 고개를 갸웃거리더니 다시 구멍을 뚫으려 한다.
방문은 다시 때린다.
방문에 구멍을 내려는 역신의 행동이 반복된다.
이번에도 방문은 역신의 뒤통수를 때리려고 주먹을 높이 들었다.
역신은 재빠르게 방문의 행동을 알아차린다.

역신 요놈! 니놈이 장난쳤것다. 한번 맞아봐라.

역신은 방문을 주먹으로 때리고 발로 차고 머리로 박치기를 한다.
방문은 할 수 없이 엄지와 검지로 원을 만들어 구멍을 내어준다.
역신은 그 구멍으로 들여다본다. 도저히 처용의 아내에 대한 본능적 욕망을 참을 수 없는 듯 서두른다. 웃옷을 벗어 던진다.

역신　　당장 문을 열어라.

방문은 아내와 역신을 번갈아 보다가 어쩔 수 없이 문을 열고 만다. 역신의 침입에 놀라는 처용의 아내는 역신을 거부하려 하지만 어쩔 수 없이 역신과 동침하고 만다. 이들의 동침은 희화적인 춤의 형식을 취한다.

먹산　　처용의 등장이오―.

처용과 기녀가 일어나 비틀비틀 춤을 추며 들어온다.
반대편에선 역신과 아내가 껴안으며 덩실덩실 춤을 춘다.

처용·기녀　밤드리 노니다가
역신·아내　밤드리 노니다가
처용·기녀　처용과 기녀가 밤드리 노니다가
역신·아내　역신과 유부녀 방안에서 뒹굴다가
처용·기녀　밤드리 노니다가
역신·아내　방안에서 뒹굴다가

두 명씩 짝을 맞춰 춤을 춘다.
처용은 기녀와 헤어진 후 비틀거리며 역신과 아내 쪽으로 온다.

처용　　들어 와 자리 보니 (깜짝 놀라며) 가랭이가 넷이어라!

아내	아악!
역신	어떤 씨부랄 놈이 남의 방안을 훔쳐보나!
처용	나, 이 여자의 남편이다.
역신	명절 때 먹는 송편은 아니구! 아내 놔두고 바람피우는 주제에 남편?
처용	어허, 이놈. 그래도 고개를 뻣뻣이 쳐드느냐.
꼴치	이거 큰일 났는데요.
도깨비대왕	그러게 말이다. 어떻게 되나 두고 보자.

역신은 처음엔 궁지에 몰린 쥐처럼 피하다가 용기를 내어 당당히 나선다.

처용과 역신이 서로를 노려보고 원을 그리며 돈다.

처용과 역신이 맞붙어 씨름을 한다.

처용이 이기자 역신은 이시미를 부른다.

먹산은 이시미 가면을 쓰고 등장하여 역신을 돕는다.

처용이 이시미한테 진다.

처용은 사자한테 간다.

처용	내 잘못했소이다. 앞으론 절대 바람질 안 할 것이니 사자님, 사자님, 날 좀 도와주소.
사자	그게 정말이냐?
처용	예, 예.
사자	알겠다.

사자가 등장하여 처용을 돕는다.

사자와 이시미의 싸움이 팽팽하다.

그러나 처용과 사자가 지고 만다.

처용은 이 연희를 보는 관객들에게 도움을 청한다.

처용이 갖고 있던 가면을 귀족한테 준다는 것이 그만 군주한테 준다.

그 순간 군주는 아주 당황한다.

이 모습을 본 다른 광대들은 모두 놀란다.

먹산　　저놈이 미쳐도 단단히 미쳤지.

모두　　아이구머니나! 이젠 죽었다. (동작이 멈춰진다)

도깨비대왕　저런 저런 실수를 하다니!

골치　　인간도 별 수 없군요. 도깨비만큼이나 어리석어요.

도깨비대왕　(골치를 때리며) 너, 지금 뭐라고 했어.

덤보　　(자신의 결례를 알고 처용의 가면을 벗어 머리를 계속 굽신거리며) 살려주십쇼. 이 불쌍하고 무식한 놈을 살려주십쇼.

모두　　살려주십쇼.

군주　　(가면을 받고 잠시 생각하다) 오냐. (일어나 가면을 쓴다)

연화　　당신 뭐 하는 거예요?

문창·미홀　군주님!

군주　　재앙을 물리치는 사자가 쓰러졌는데 어찌 보고만 있을 수

있느냐?

광대들 (놀라며) 예에?

군주 처용아, 내가 어찌 해야 하는고?

덤보 예, 절 따라 하시면 됩니다요. 잠깐만 기다리십쇼. (혼잣말로) 야, 이거 큰일이네. 이건 원작에도 없었던 건데. 에라 모르겠다.

덤보는 먹산에게 달려가 무엇인가 속삭이며 대화를 나눈다.

먹산은 음악을 반주하던 악사 한 명을 역신한테 보낸다.

역신, 이시미, 악사가 한 편이고 군주, 처용, 사자가 한 편이 된다.

양편이 긴 줄의 끝을 잡고 원을 그리며 돌다가 줄의 가운데로 다가온다.

시끄러운 장단 소리가 고조되다가 뚝 그치면 줄다리기가 시작된다.

줄다리기의 흥을 돋우는 음악이 시작된다.

밀고 당기는 팽팽한 싸움이 진행되는 가운데 역신 쪽이 패배하여 쓰러지고 만다.

덤보는 너무 기뻐서 군주를 껴안는다.

먹산과 다른 사람들은 모두 걱정스레 쳐다보나 군주 역시 덤보를 껴안는다. 신분의 상하를 막론하고 서로 껴안고 환호성을 지른다. 도깨비 대왕과 골치도 서로 껴안는다. 그러나 이내 곧 떨어진다.

군주 내 일찍이 너희들 노는 것을 천하게 여겼으나 이렇게 함께 놀아보니 흥겹기 그지없다. 오늘은 내 신혼의 첫날밤

이어서 그 기쁨 또한 한량이 없느니라. 술과 음식이 풍성히 준비되었으니 신분과 지위의 고하를 막론하고 오늘 밤은 모두 하나가 되어 횃불을 켜고 내일 해가 뜰 때까지 신나게 놀도록 하여라.

흥겨운 가락이 흘러나오면 모두들 춤을 추기 시작한다.

도깨비대왕 골치야.

골치 예.

도깨비대왕 나 역시 이렇게 재밌는 놀이를 본 적이 없다. 공짜로 구경 잘했으니 그냥 있을 수 있냐. 우리도 저들 속에 섞여 신나게 놀아보자꾸나.

모두, 신나는 음악에 맞춰 춤을 춘다.

M-27. 〈환상의 밤〉 (합창)

도깨비들 어기야 어럴럴 도깨비 뿔로
어기야 어럴럴 노래나 하고

광대들 어기야 얼씨구 광대패 재주
어기야 절씨구 엉덩춤 추세.

합창 천년 왕국의 밤하늘에

사랑의 별빛이 쏟아지면
마법의 꽃향기 만발하고
환상의 세상이 열린다네.
어기야 얼씨구 우리네 사랑
어기야 얼씨구 피워나 보고
어기야 절씨구 우리네 인생
어기야 절씨구 즐겨나 보세.

천년 신라의 밤하늘에
환상의 달빛이 쏟아지면
정겨운 님의 손 꼭 붙들고
사랑의 마음을 고백하리.
어기야 얼씨구 우리네 사랑
어기야 얼씨구 피워나 보고
어기야 절씨구 우리네 인생
어기야 절씨구 즐겨나 보세.

천년 신라의 밤하늘에
영원한 사랑이 열매 맺네.
아리랑 아라리 춤을 추고
스리랑 스리로 놀아보세.
어기야 얼씨구 우리네 사랑
어기야 얼씨구 피워나 보고

어기야 절씨구 우리네 인생

어기야 절씨구 즐겨나 보세.

도깨비들과 광대들이 합창하고 춤추면서 주례식 행사의 대미를
장식한다.

이 주례에 참석한 모든 인물들은 합창과 춤에 적극적으로 호응하
는 가운데 골치와 미랑의 마지막 인사가 이어진다.

골치   아! 저 혹시 저희 도깨비들이 한 짓이 마음에 안 드시거든
이렇게만 생각해 주십시오.

미랑   잠시 졸고 계시는 틈에 꿈을 꾸신 거라구요. 그래야 이 더
위에 화도 풀리고 스트레스도 가라앉을 것 아닙니까?

골치   이 빈약하고 보잘것없는 연극을 과히 꾸짖진 마십시오.
용서를 해주신다면 앞으로 좀 더 나은 솜씨를 보여드릴
테니까요.

미랑   그러나 오늘 밤 공연이 마음에 드셨다면 큰 박수 부탁드
려요.

골치   자, 그럼 안녕히 가세요.

미랑   다음에 또 만나요. 안녕!

– 막 –

작가의 말

셰익스피어의 원작 〈한여름밤의 꿈〉을 새로 쓴 뮤지컬 〈신라의 달밤〉은 2000년과 2001년 8월과 9월 사이에 세종문화회관 뒤편, 분수대가 있었던 야외무대에서 이종훈 단장님의 연출로 서울시립 뮤지컬단에 의해 공연되었다. 나는 원작의 배경인 그리스를 한국의 신라 시대로 옮기고 숲속의 요정들을 우리의 전통 설화에 등장하는 도깨비들로 바꾸어 전혀 새로운 도깨비들의 세계를 전통의 춤과 음악이 어우러진 뮤지컬 양식으로 창조하였다. 그 후 이 작품은 2007년 7월 13일부터 22일까지 인천종합문화예술회관 야외공연장 무대에서 이기도 연출로 인천시립극단에 의해 해학이 풍부한 마당극 양식으로 공연되었고 곧이어 7월 27일과 28일 양일간 거창국제연극제의 개막공연작으로 초대되어 수많은 관객들의 호응과 찬사를 받았다.

2000년과 2001년에 공연된 뮤지컬 〈신라의 달밤〉은 셰익스피어의 원작을 새롭게 창조한 독창성과 작품성을 인정받아 A|S|I|A(Asian Shakespeare Intercultural Archive)에도 공식 자료로 등록되어 있다. A|S|I|A는 국제적 공조작업을 토대로 여러 언어로 제작된 온라인 공연 자료 아카이브로서 아시아의 인터컬추럴 셰익스피어 공연에 대한 교육 및 연구 자료를 제공하는 것을 목표로 한다. 한국 공연으로는 극단 목화의 오태석, 극단 미추의 손진책, 극단 연희단거리패의 이윤택, 극단 여행자의 양정웅, 극단 화동연우

회의 김광림·이현우 등 여러 연출가들이 독창적으로 연출한 작품들이 함께 수록되어 있다.

아래의 글은 2000년 초연 당시 팸플릿에 실었던 '작가의 말'이다. 〈신라의 달밤〉이 초연 이후 수정 없이 계속 공연되었고 계속 관객들의 사랑을 받았으므로 개작을 한 작가의 의도 역시 그때나 지금이나 변함이 없다 하겠다.

※ ※ ※

셰익스피어의 원작 〈한여름밤의 꿈〉은 연인들의 사랑을 다룬 낭만 희극이다. 그런데 이 작품의 매력은 연인들의 사랑이 성취되는 희극적 결말보다는 그 사랑이 아테네의 제도와 법의 굴레를 벗어나 있고, 요정들이 사는 숲속에서 전개된다는 점에 있을 것이다. 법과 관습의 굴레를 넘어서서 숲속으로 용기있게 달아난 허미아와 라이산더, 허미아를 뒤쫓는 디미트리어스, 디미트리어스를 사모하는 헬레나. 사랑의 완성을 위해 이들은 숲속으로 가게 되고, 그곳에 사는 요정의 왕 오베론의 부하인 퍼크의 실수로 사랑의 혼란이 가중된다. 법과 구속이 없는 세계는 무질서와 자유와 상상이 존재하는 세계다. 꽃 즙을 바르면 눈을 떴을 때 가장 먼저 본 사람과 사랑에 빠진다는 동화적 요소는 젊은 연인들이 사랑의 혼란을 겪고, 요정의 여왕 티타니아가 당나귀로 변신한 인간 보톰을 사랑함으로써 동화적 환상과 희극적 세계의 상상력을 확대하였다.

그런데 내가 보기에 셰익스피어가 그린 숲속의 혼란은 혼란이라고 하기에는 이성에 의해 잘 통제되었고 질서화된 인상을 강하게 풍긴다. 오베론의 심부름꾼 퍼크의 실수와 사랑의 마력을 지닌 꽃즙은 모두 동화적 환상과 희극적 효과를 제고시키나 카오스적인 혼란이라고 말하기에는 아무래도 부족한 듯하다. 이런 점을 감안하여 〈신라의 달밤〉은 크게 세 가지 방향으로 나아갔다.

하나는 한국의 전통적인 정서와 사고, 양식으로 옮겨놓는 것이다. 아테네의 배경을 한국의 신라 시대로 가져왔고, 아테네의 젊은 청년들은 신라의 화랑으로 대치시켰다. 막의 시작은 화랑들의 검술무로 시작한다. 요정들이 사는 숲의 세계는 우리에게 친숙한 도깨비들이 사는 숲의 세계로 바꾸었다. 광대들의 막간극을 처용 소재의 탈춤으로 변용시켜 놀이화하였고, 이밖에도 여러 가지 놀이적 장치를 통해 우리 민중예술이 갖는 놀이적 신명을 높이려 하였다.

두 번째는 참사랑의 본질 문제다. 옥향의 대사를 통해 참사랑이란 진정으로 고난을 겪으며 그것을 이겼을 때 성취된다는 주제를 좀 더 극명하게 했다. 악마적인 숲의 미망에서 헤어나지 못한 채 연인들은 각자 자신도 알 수 없는 사랑의 욕망에 포로가 되었으나 점차 자신들의 사랑이 진정한 것이 아님을 깨닫게 되면서 악마성에서 벗어나게 된다. 셰익스피어 원작에서 숲속의 세계가 한갓 꿈에 불과하다는 사유에 갇혀 있는 데 반해, 이 작품에서는 그러한 인식의 한계를 과감하게 벗어나 숲의 몽환성에 주체의 의미를 되새기게 했다.

세 번째는 혼란의 극대화다. 숲속에서 이뤄지는 동화적 요소들 역시 더욱 극대화하여 도깨비 대왕과 여왕의 대립으로 인해 숲 전체가 악마성을 지닌 마법에 걸리게 하였다. 사랑하는 남녀 도깨비들이 이별하고 괴로워하도록 희화시켰다. 사랑을 찾던 연인들은 마법의 샘물로 인해 사랑의 대상을 자꾸 바꿀 뿐만 아니라, 정신적 사랑을 넘어서서 육체적인 사랑을 요구하여 사랑을 의심하게 하고 숲의 비밀스러운 악마성을 깨닫게 하였다. 탈을 쓰고 탈춤 연습을 하던 광대들 역시 점차 자신들의 정체성을 잃고 도깨비로 착각하여 진짜 도깨비들과 서로가 진짜 도깨비라고 싸우게 하였다. 악마성의 극대화 속에 희극성이 발현되게 하여 숲의 세계가 단순히 꿈과 같은 동화적 초월의 세계가 아니라, 그러한 꿈이 존재함을 부인하지 않으면서도 진실로 존재와 사랑의 정체성을 의심하고 자각하는 세계임을 보여주려 하였다.

한국 희곡 명작선 90

신라의 달밤

초판 1쇄 인쇄일   2021년 11월 25일
초판 1쇄 발행일   2021년 11월 30일

지 은 이   홍창수
만 든 이   이정옥
만 든 곳   평민사
　　　　　서울시 은평구 수색로 340 〈202호〉
　　　　　전화 : 02) 375-8571 / 팩스 : 02) 375-8573
　　　　　http://blog.naver.com/pyung1976
　　　　　이메일   pyung1976@naver.com
등록번호　25100-2015-000102호
ISBN　　　978-89-7115-804-3 04800
　　　　　978-89-7115-663-6 (set)
정　　가   9,000원

이 책은 사단법인 한국극작가협회가 한국문화예술위원회의 2021년 제4회 극작엑스포
지원금을 받아 출간하였습니다.